미안해하지 않고 불편해하기

제대로 화낼 줄 아는 사람이 제대로 웃을 줄 안다

미안해하지 않고 불편해하기

제대로 화낼 줄 아는 사람이 제대로 웃을 줄 안다

임정호 에세이

담다

미안해하지 않고
불편함을 드러낼 수 있기를

"무슨 피해의식 있어?"

"화가 많이 쌓였나 봐?"

"왜 그리 열을 내고 그래요?"

"나이도 어린 게 싸가지 없이."

"나는 그냥 재미있자고 한 말인데…."

"너는 말을 왜 그렇게 서운하게 해?"

"쟤는 왜 저렇게 분위기를 못 맞춘다니."

"아, 그런 의도로 한 말이 아닌데요. 뭐 불편하셨다면 미안하게 됐습니다."

학원에서 배운 듯 비슷한 말로 상처를 주는 사람들은 되레 자신이 상처받은 듯 기적의 둔갑술을 시전한다. 그런 이들은 대체로 목소리가 크며 연극과 연출에 능하다. 문제는 이렇게 목소리가 큰 사람들의 의견이 세상에 더 크게 울리며, 그것이 마치 진실인 것처럼 퍼진다는 점이다. 그리고 그것은 규모가 작은 조직일수록 더 위세를 떨친다.

한 교실에서 10명 내외의 학생과 지내던 학교에서 근무하다가 한 교실에 25명 정도 되는 학생과 생활하는 학교로 근무지를 옮겼다. 사람이 많은 곳은 늘 소란스럽다. 교실도 예외는 아니다. 아직 어려서 다듬어지지 않았기에 조금은 투박하고 원형적인 형태로 본질을 드러낸다는 것이 성인이 모인 집단과 차이라면 차이일 테지만, 갈등과 화합 그리고 정의와 부정의가 끊임없이 생동하는 현실이라는 점은 동일하다.

아이들과 함께 생활하다 보면 나도 모르게 시선을 빼앗기는 순간이 있다. 목소리가 큰 아이, 애교가 많은 아이, 재능이 있는 아이, 무리 지어 다니는 아이들, 사고를 치는 아이, 떼쓰는 아이, 우는 아이, 먼저 다가와 말을 거는 아이, 감정 조절을 어려워하는 아이, 웃음이 많은 아이, 이 간질하는 아이, 남의 일에 온갖 간섭을 하는 아이, 언제나 자기 말이 우선인 아이, 폭력적인 아이, 욕을 입에 달고 사는 아이, 듣기보다는 말을 해야 직성이 풀리는 아이, 자기 흠은 모르고 남의 작은 흠을 참지 못해 반드시 들춰내야 하는 아이 등 이런 아이들에게 쉽게 시선을 빼앗긴다.

이들의 공통점은 소란스럽다는 점이다.

여기서 '소란'은 단순히 청각적인 범주에만 국한되는 것이 아니다. 끊임없이 자극을 발산하며 계속해서 타인의 시각과 청각을 빼앗는 아이들. 어쩌면 소란이라는 말보다는 강한 자극을 외부로 자주 방출하는 아이들이라고 말하는 편이 더 적합할지도 모르겠다. 이런 아이들은 '방출인'이다. 우리는 보통 방출인에게 시선을 준다. 아니 준다기보다는 빼앗긴다. 이를 자발적 의지라고 보기는 어렵다. 뜨거운 라면 그릇을 손으로 움켜쥐었다가 무의식적으로 빠르게 손을 떼는 것과 비슷하기 때문이다. 그렇게 우리는 자신도 모르는 사이 본능적으로 소란과 자극에 오감을 강탈당한다.

목소리가 큰 사람이 이긴다는 말은 대부분 서비스 업종에서 통용된다. 참으로 기막힌 현실이다. 막무가내식 민원은 '미운 놈 떡 하나 더 준다'는 심정으로 해결해 주지만, 정중한 민원인의 민원은 어떻게든 설득해 되돌려보내려 한다. 그러한 대응 방식 때문에 말도 안 되는 민원과 소음이 점점 기세를 불려 가고, 그에 응대해야 하는 사람들은 무방비 상태에 노출된다.

그렇게 불편함을 느끼는 사람들의 목소리보다 불편함을 느끼게 만드는 사람들의 목소리가 더 크게 울려 퍼지는 사회 속에서 우리는 그들의 소란스러움에 무의식적으로 시선을 빼앗긴다.

"꼰대세요?"
"그 돈이면 씨…."
"이해할 수가 없네?"
"아니, 그것도 몰라?"
"내가 해 봐서 아는데."
"아니 그게 아니라…."
"어떻게 그럴 수 있지?"
"그래도 그러면 안 돼."
"술만 안 마시면 괜찮은 사람이야."

첫 번째 장에서는 이처럼 일상생활에서 나를 불편하게 하는 언어들을 살펴본다. 이런 말을 들으면 이어질 말을 듣기도 전에 이미 가슴이 답답해진다. 해 봤으면 얼마나 해 봤으며, 세상 모든 일을 다 이해할 수 있다고 생각이라도 하는 것일까. 괜찮은 사람이 되는데 왜 예외 조항이 있어야 하는가. 진지하고 조심스레 자기 말을 꺼내는 사람이 과연 꼰대인가, 그런 사람을 가만두지 못하고 기어코 자기 의도와 프레임대로 조종하고자 하는 사람이 꼰대인가. 이토록 무례한 소음은 늘 소란스러움을 동반하며 듣는 이를 괴롭게 한다. 첫 번째 장의 불편함은 외부 요인 때문에 발생한다.

　두 번째 장에서는 내 머릿속을 둥둥 떠다니며 나를 불편하게 하는 생각들을 조금 더 깊이 들여다본다. 뒤처지는 것이 왜 두렵게 느껴지는지, 평등이라는 말은 정말 실현될 수 있는지, 중간만 하자는 말이 왜 말이 안 되는 소리인지, 나잇값이라는 말은 왜 쓸데없는지, 창의력은 도대체 어떤 능력인지, 괜찮다는 위로는 정말로 괜찮은 것인지…. 일반적으로 우리의 고개를 끄덕이게 만드는 생각(보편적 헤게모니)들을 다시 한번 곱씹으며 불편함의 이유를 들춰 본다. 두 번째 장의 불편함은 내부 요인 때문에 발생한다. 내 안의 무언가가 특정 생각과 부딪히며 나를 불편하게 만드는 것이다.

세 번째 장에서는 나를 불편하게 만드는 상황을 정리한다. 자격 없는 사람이 뱉어 대는 말을 들어야 할 때, 호기심을 가장해 자기 생각을 강요할 때, 가짜가 진짜인 척할 때, 분노와 무기력이 학습될 때, 소모적인 논쟁으로 피로해질 때, 공정성이 침해될 때 등. 세 번째 장의 불편함은 맥락이 뒤엉켜 있거나 모순되는 상황을 목격할 때 주로 발생한다. 불편함을 넘어 분노를 유발하는 상황들을 들여다보며 그 감정의 근원을 거슬러 올라가 본다.

단순히 '임금님 귀는 당나귀 귀'를 외치는 심정으로 온갖 불만을 토로하기 위해 책을 쓴 것은 아니다. 답답한 마음을 터놓을 공간이 필요했던 것도 일부 사실이지만 이책을 쓰게 된 궁극적인 목적은 마지막 네 번째 장에 실려 있다. 사람들이 이런 불만을 함께 생각해 보면 좋겠다는 생각, 알고도 악행을 저지르는 사람은 많지 않으리라는 믿음, 그런 사람들은 TV에 나오는 범죄자만큼이나 드물 것이라는 희망, 아마도 몰랐거나 혹은 살아온 환경이나 관습 안에서 몸에 밴 어떤 습관들이 무의식적으로 타인에게 불편함을 유발할 때가 더 많았으리라는 믿음. 그렇다면 희망은 있다. 알지 못하는 것이라면 알게 할 수 있고, 습관이라면 고칠 수 있으리라 믿는 순수한 희망 말이다. 어쩌면 그런 천진함이 이 책을 쓸 용기를 잠시 빌려주었는지도 모르겠다.

　'프로 불편러'라는 단어는 내 안의 불편함을 용기 내어 드러내려는 사람들의 무의식에 자기 검열 시스템을 강화한다. 매사에 부정적으로 반응하는 것은 분명 지양해야 할 삶의 태도일 테지만, 참고 참아도 내 안의 어딘가를 불편하게 하는 말들을 더는 흘려버리기 어려워 나를 불편하게 만든 사람이 되레 불편해하면 어쩌나 하는 우스운 마음을 가슴 한편에 품은 채 자기 속 드러내는 것을 스스로 검열하게 만든다면, 그곳이 곧 지옥이 아니고 무엇이란 말인가. 속이 좁은 사람, 화가 많은 사람이라는 가해자의 가스라이팅이 듣기 싫어 최대한 감정을 절제하며 정중한 태도로 말해 보기도 하고, 좋게 말하니 맹숭맹숭해 보여서 이러는가 싶어 어떤 때는 감정을 터뜨려 보기도 한다. 하지만 우리는 동방예의지국이라는 민족성을 체화하도록 길러진 탓인지 어느 방식이 됐든 싫은 걸 싫다고 하는 쪽이 못난 사람이 되는 우스운 상황이 생각보다 자주 연출되곤 한다.

희망을 바라보고 싶다. 불편함을 이야기함으로써 불편함을 줄여 나가고 싶다. 그것이 바로 이 책을 쓴 이유이자, 나와 같은 생각을 하며 살아갈 누군가가 이 책을 통해 얻기를 바라는 위안이다. 인간은 누구나 각자의 범위 안에서 살아간다. 좁게는 가족과 직장 안에서 살아가는 사람이 있고, 넓게는 세계와 소통하며 살아가는 사람이 있다. 활동의 범위가 넓건 좁건 인간이라면 누구나 자기를 불편하게 만드는 말, 생각, 상황에 부딪히게 된다. 나를 불편하게 하는 것이 반복된다면 그것을 가만히 들여다봐야 한다. 그리고 주변 사람들과 이야기를 나눠야 한다. 나를 알기 위해서이기도 하지만, 동시에 세상을 변화시키기 위한 일이기 때문이기도 하다. 내 옆의 한 사람과 이야기를 나누는 것, 그것이 곧 세상을 바꾸는 작은 한 걸음이 된다. 우리는 모두 편안함에 이르고 싶다.

누구나 자신만의 불편함을 품고 살아가겠지만, 모두가

그 불편을 넘어 언젠가 편안함에 다다르기를 소망한다. 편안함에 이르렀냐는 질문에 눈길이 머무는 이유는 우리가 아직 그곳에 도달하지 못했기 때문이다.

Chapter 1. 불편한 언어들

Chapter 2. 불편한 생각들

Chapter 3. 불편한 상황들

Chapter 4. 편안함에 이르길 희망하며

Chapter 1.

불편한 언어들

급발진? 발작 버튼?

말은 거울이다. 같은 의미라 해도 어떤 방식과 어떤 태도로 담아내느냐에 따라 전혀 다르게 나를 비춘다. 예를 들어 식당에서 일하는 중년의 여성을 부를 때 '어머님', '아주머니', '아줌마', '어이'라고 부르는 모습을 상상해 보자. 이 네 가지 단어는 짧지만 강력하게 그 말을 건네는 사람이 어떤 사람인지 주위 사람에게 보여 준다. 그래서 우리는 단어를 가려서 사용해야 하고, 항상 말을 조심해야 한다. 우리가 사용하는 언어는 때때로 찰나의 순간에 다른 사람들에게 나를 입체적이고 다층적인 인간보다 아주 평면적인 인간으로 인식시킨다. 평소에 좋은 사람으로 정평이 나 있어도 한마디 말로 그간 쌓아 올린 평판을 잃을 수 있다. 그래서는 안 될 일이지만 때때로 우리는 한순간의 파편적인 이미지가 우리를 대변하게 만든다.

처음 '발작 버튼'이라는 단어의 뜻을 알고 깜짝 놀랐다. 비슷한 말로 '급발진'이라는 용어를 쓰는데, 이는 어떤 사람이 갑자기 화를 내거나 정색하는 등 자신의 부정적 감정을 숨기지 못하고 드러내는 모습을 비웃을 때 사용한다. 사회적 동물로 살다 보면 감정을 드러내는 것은 어른스럽지 못한 일로 여겨진다.

하지만 그것을 두고 조롱하는 것 역시 어른스럽지 않기는 마찬가지다. 우리 사회는 점점 포용과 너그러움을 잃어 가고 있다. 굳이 심각하게 생각하지 않고 한낱 유행어로 그냥 웃어넘길 수도 있다. 나 역시 때때로 나도 모르게 해당 용어를 머릿속에 떠올리기도 한다. 그 상황이나 인물을 표현하는 데 참 적절한 표현이라고 생각하기도 한다. 하지만 가만히 생각해 보면 이는 듣는 입장에서 기분 나쁜 말이 될 수도 있다. 급발진, 발작 버튼이라는 용어는 화를 내는 사람에게 모든 원인을 돌려 버리기 때문이다. 죄는 미워하되 사람은 미워하지 말라는 말이 있다. 객체를 미워하되 주체는 미워하지 말라는 말일 테지만, 언어 사용에서는 그 반대 표현이 더 유효하다. 단어를 사용하는 사람을 미워하되 단어 그 자체를 미워할 수는 없는 노릇이기 때문이다. 모든 언어는 본래의 쓰임새가 있다. 다만 그 언어가 본래의 쓰임을 넘어 사용하는 사람의 의도에 따라 좋지 않은 방향으로 사용될 때, 언어에 독이 스민다.

"쟤 왜 저래?"
"몰라~ 혼자 급발진이야."

나는 장난쳤을 뿐이고 갑작스레 화를 내는 것은 전적으로 네

탓이므로 나는 원인을 들여다볼 의무도 책임도 없으니 그 감정을 오롯이 너 혼자 떠안고 가라는 식의 태도, 화를 내는 이유는 전혀 궁금하지 않으며 분위기를 깨뜨린 네가 나쁜 사람이라는 듯한 태도는 따듯한 공동체와는 거리가 먼 발상이다. 아쉽고 서글픈 일이다. 각자도생이라는 말이 유행하는 만큼 이 정도 이기주의는 웃어넘겨야 할까? 혜량을 바탕 삼은 따듯함이 사무치도록 그립다.

급발진과 발작 버튼 이전에도 타인에 대한 무관심이 유행어를 통해 드러난 적은 많다. 진지한 이야기를 하려고 하면 '진지충'이라고 비웃으며 타인의 속 깊은 이야기를 사전에 차단하거나, '누칼협'('누가 칼 들고 협박했냐'를 줄인 말)이나 '알빠노'('그건 내가 알 바 아니다'를 줄인 말)처럼 타인의 이야기에 공감은커녕 관심 없는 이야기는 아예 듣는 것조차 거부하려는 태도가 그러하다. 빠름을 추구하는 한국인의 속성 때문일까, 아니면 먹고살기 힘든 경제 성장의 그늘 때문일까. 우리는 왜 무관심을 넘어 비아냥과 혐오의 정서에 점점 더 익숙해지고 있는 것일까.

그건 상식이야, 상식!

모든 것은 상대적이며, 언제 어디서든 나와 다른 생각을 마주할 수 있다. 너무나 당연하게도 내가 당연하다고 여기는 것이 누군가에겐 당연하지 않은 일일 수 있다. 부자와 빈자가, 고용주와 고용인이, 남자와 여자가, 도전자와 챔피언이, 스승과 제자가 서로를 이해하기 어려운 이유도 여기에 있다. 경험하지 않은 것을 이해해야 하기 때문이다. 심지어 같은 경험을 했다고 해도 이후의 대처 방식과 결과물에 따라 가치관, 즉 당연하게 여기는 것이 달라진다. 고통에 짓눌려 결국 포기를 선택하게 된 사람은 고통이란 극복이 불가능한 저주라고 정의 내리고, 고통을 극복해 낸 사람은 고통이란 사람을 강하게 만들어 주는 발판이라고 생각하며 살아간다. 똑같이 불우한 가정사를 겪었더라도 누군가는 평생 가족을 원망하며 점점 사나운 원귀로 변해 가고, 또 다른 누군가는 자비와 은혜의 성자로 거듭난다. 사실 이런 이야기 역시도 누군가에겐 당연하지 않을 테다. 왜냐하면 누군가는 그런 식으로 산다면 기준이 없어져 버려 어떤 일도 어떤 말도 할 수 없을 거라고 말할 것이기 때문이다. 그 말도 맞다. 세상 모든 말은 마음만 먹는다면 언제나 반박 가능하다.

문제는 이러한 상대성을 인정하지 않고 자신의 당연함을 보편적 당연함으로 착각하며 그것이 곧 상식이라고 생각할 때 발생한다. 만약 이런 상황이 위계질서가 명확하거나 장유유서를 중요시하는 사회적 관계 속에서 발생하기라도 한다면, 이는 아래의 포지션에 있는 사람들에게 너무나 고통스러운 순간이 아닐 수 없다. 최근 우리 사회는 이것을 갑질이라고 명명한다. 하지만 요즘은 젊은 꼰대라는 말이 유행하는 것처럼 자신의 당연함을 강조하는 일은 비단 나이가 많거나 직급이 높은 사람에게서만 발생하는 문제는 아닌 것 같다.

　'요즘 젊은 사람들은 인내심이 없다'라거나 '한 우물을 파야 성공한다'라는 식의 말이 당연함을 가장해 자기 인식의 한계를 드러내는 말이라는 사실을 알아차린다면 말을 아끼는 일이 그리 어렵지는 않을 테다. 이 말들은 인내심이 부족한 젊은 사람을 많이 만나 보았거나 한 우물을 파서 성공해 본 경험이 있는 사람들에게는 진리로 받아들여지겠지만, 인내심이 뛰어난 젊은 사람들이 주변에 많거나 다방면에 도전해 결국 성공을 거머쥔 경험이 있는 사람에게는 거의 무용에 가까운 쓸모없는 말에 불과하기 때문이다. 부자는 모두 나쁜 사람이라는 생각, 예쁘고 잘생긴 사람은 쌀쌀맞다는 생각, 게을러서 가난하게 살아간다는 생각, 남자라면 여자라면 으레 어때야만 한다는 생각, 첫째라서 막내라서 외동이라서 어떤 특성이 있다는 생각 등 당연함을 가장한 편견이 온 세상에 가득하다.

사람은 살면서 쌓아 온 경험을 바탕으로 자신만의 필터를 만든다. 그 필터는 연륜이 되어 남들이 보지 못하는 부분을 바라보는 통찰을 주기도 하고, 어떤 때는 위기로부터 자신을 지켜 내는 도피처나 방패가 되기도 한다. 하지만 언제나 세상일에는 양면성이 있듯 필터링이 늘 긍정적으로 작용하는 것은 아니다. 자기의 경험에서 파생되어 나온 감각이라는 태생적 한계 때문에 때때로 편견이나 좁은 식견을 드러내는 덫이 되어 자신을 덮치기 때문이다.

"아니 그렇게 당연한 걸 몰라?"
"그건 상식이야, 상식! 넌 상식도 없어?"

다수가 동의하는 상식과 당연함의 범주에 소속되는 것은 편안한 일이다. 소수를 선택한 사람들은 왜 그런 선택을 했는지 설명해야 하며 다수로부터 "네가 틀렸다"라는 시선을 끊임없이 감수해야 하므로 귀찮고 피곤하다. 그런 의미에서 다수에 속한다는 것은 편안함을 점유하는 일이다. 외제 차를 구매할 때 비슷한 가격이면 타 브랜드보다 벤츠를 선택하겠다고 응답한 고객들에게 그 이유를 물었더니, 다른 브랜드의 차량을 구매하면 지인들에게 디자인이 어떻고 성능은 어떻고 서비스센터가 어떻다는 둥 설명해야 하지만 벤츠를 선택하면 그런 설명이 필요 없기 때문이라는 답이 꽤 많았다. 실제 효용성 여부를 떠나 일단 다수의 선택으로 상위 자리를 선점한 어떤 것을 선택할 때 그것은 이미 보편성의 방패를 획득했다는 의미를 지닌다. 이는 부수적인 설명이 필요 없다는 말이며, 다수의 결정에 따른다는 것은 틀렸다는 가정이 아닌 옳다는 가정하에 시작한다는 장점이 있다. 다수가 옳다고 생각하는 것에는 세월이 보증하는 합리성과 보편성이 부여된다. 오랜 세월 인정받아 온 상식과 당연함은 진리에 가까운 권위를 획득하며 세상이 원활하게 작동하도록 이끄는 역할을 하기도 한다. 보편적 당연함이 없다면 세상이 유지될 수 없는 것은 자명하다.

나와 다른 당연함을 가지고 살아가는 타인을 마주하는 일은 불편하다. 그럴 때면 나의 논리를 들이대며 그 관점을 수정해 주고 싶다는 생각이 들기도 하고, 이런저런 방법이 잘 먹히지 않는 최후의 순간에 도달하면 권위를 이용해 찍어 누르고 싶어지기도 하지만 사실 그럴 필요가 없다. 세상에서 가장 어려운 일은 타인의 생각을 바꾸는 일이기 때문이다. '그럴 수도 있지'라는 생각은 내 안에 꿈틀대는 자기 확신의 욕망을 잠재우는 데 도움이 된다. 나의 평온을 위해 너의 당연함을 인정하고 타인의 평온을 위해 나의 당연함을 너무 강력하게 주장하지 않기를 바라며 나의 당연함이 편견이 아닌 연륜으로 익어 가기를 희망한다. 각자의 당연함을 보편적 당연함으로 착각해서는 안 된다.

내가 해 봐서 아는데

대의 민주주의 사회에 사는 사람들 대부분은 '온건한 중도'에 들어간다. 중도는 특정한 지지 정당 없이 상황이나 사건에 따라서 이쪽을 택할 수도 있고 저쪽을 택할 수도 있으나, 무엇보다 사실에 민감하게 반응한다. … '온건한 중도' 바깥에는 이데올로기 신봉자들이 있다. 그들은 자신의 정치적 신념이 옳으며 나머지 전부는 틀렸다고 믿는다. 이데올로기 신봉자들은 자신의 정치적 신념과 사실이 모순될 때는 대개 반응하지 않으며 타협에는 관심이 없는 편이다. 그들은 소셜미디어에서 자신과 성향이나 신념이 비슷한 사람들과만 소통하며 자기 신념의 정당성을 뒷받침해 주는 언론만 골라서 취하는 확증편향의 세계를 구축한다. 또한 그들은 오히려 다른 집단에 비해 교육 수준이 더 높은 편이다.

    – 『다정한 것이 살아남는다』, 브라이언 헤어 · 버네사 우즈

우리는 흔히 무지를 편협함의 제1 원인이라 생각한다. 하지만 알지 못해서, 배움이 짧아서 다양성을 인지하지 못하거나 받아들이지 못한다는 생각은 사실 절반의 정답에 불과하다. 분명 학습할 기회가 없어서 세상에 대해 제대로 이해하지 못해 까막눈을 틔우지 못한 채 살아가는 사람들이 있다. 다만 그들은 적어도 자신이 모른다는 것을 부끄러워하기 때문에 혼자만의 아집

에 빠져있을지언정 타인에게 커다란 손해를 끼치기는 어렵다. 부끄러움은 세상 앞에 나설 용기를 허락하지 않기 때문이다. 오히려 높은 수준의 교육을 받고 사회적으로 인정받을 만큼의 성취를 일군 사람들이 더 편향적인 사고를 할 확률이 높다. 그리고 그것을 실제 행동으로 옮기며 살아갈 확률 또한 높다. 부끄러움을 모르기 때문이다. 그렇다면 그들은 어찌하여 부끄러움을 모르는 사람이 되어 버린 것일까.

자신의 성취에 취해 본인의 경험과 선택이 삶의 정답이라고 굳게 믿게 되었기 때문이다. 금수저로 태어나 갖고 싶은 것을 쉽게 손에 넣으며 살아온 사람이든, 가난한 집안에서 태어났지만 뼈를 깎는 노력으로 자수성가를 이뤄낸 사람이든 삶을 대하는 메커니즘은 대체로 결을 같이한다. 그들의 공통된 신념은 '나는 열심히 살았으니 보상받을 가치가 있다'라는 것이다. 그리고 이런 생각은 자신의 의지와 성취에 대한 결과물이 공정하고 타당한 보상이라고 결론지어 버린다. 이런 생각이 무서운 이유는 자신이 이뤄 낸 것과 전혀 상관없는 분야에 대해서도 그 확신을 이어 가려는 경향을 보이기 때문이며, 자신의 성공 방식을 절대적인 성공 공식처럼 체화해 다른 방식으로 살아가는 사람을 답답하게 바라보기 때문이다.

경제적 성공을 거둔 사람들만 이런 생각의 구조를 갖는 것은 아니다. 고학력자나 명성을 얻어 일종의 권력을 획득한 채 살아가는 많은 사람이 자기 생각이 옳다는 확신을 갖는다. 하지만 내가 만든 정답을 지나치게 확신하는 것은 위험한 일이다. 내가 틀릴 수도 있다는 생각을 전혀 하지 못하게 만들기 때문이다. 그런 상태라면 부끄러움이 고개를 들 자리가 없다. 내가 틀렸으리라는 약간의 가능성조차 생각할 수 없는 일 앞에서 머뭇거릴 이유가 전혀 없기 때문이다. 그리고 그런 확신은 양날의 칼이 된다. 자부심이 되어 사람을 자신감 넘치게 만들어 매력적으로 보이게 하기도 하지만, 자칫 잘못하면 자부심이 오만함으로 바뀌어 사람을 가장 볼품없는 상태로 내몰기 때문이다.

자부심이 오만함으로 바뀌는 순간, 바로 그 지점에서 사람은 가장 확실하게 부끄러움을 잊어버린다. 내 선택이 맞고 내 생각만이 옳다는 오만한 믿음은 다른 선택에 대해 열린 마음보다는 폐쇄와 아집으로 가득 찬 태도로 일관하게 만든다. 그리하여 자신과 다른 것에는 눈길조차 주지 않는 차갑고 깐깐한 고집불통 옹고집 영감이 되고 만다. 그리고 이런 오만함을 탑재한 소위 사회 지도층, 지역 리더라 불리는 사람들은 사회에 커다란 폐해를 끼친다. 성취에 대한 대가로 발언권이라는 커다란 영향력을 부지불식간에 소유하게 되었기 때문이다. 그리고 그들은 자신의 노력과 성취의 대가로 얻어 낸 영향력을 옳지 못한 방향으로 소진함으로써 다시금 자기 영향력을 소실시키기도 한다.

한 사람의 결정이 가져오는 파급력은 동일하지 않다. 오직 자신에게만 영향력을 끼칠 수 있는 사람이 있는가 하면 한 도시의 운명을 좌우하는 선택을 해야 하는 사람도 있다. 어떤 이의 발언은 하루아침에 전 세계 경제를 들썩이게 할 만큼의 파급력을 가지고 있다. 자기 말과 행동이 불러올 파장을 예측하는 일은 그래서 중요하다. 바람 앞의 촛불이 쉴 새 없이 흔들리듯, 누군가의 선택이 다른 어떤 이의 인생을 완전히 뒤바꿀 수도 있다. 많이 배울수록, 많이 가질수록, 높은 지위에 오를수록 늘 부끄러움을 잊지 않아야 한다. 부끄러워할 줄 아는 사람은 언제나 자신을 돌아보기 때문이다. 우리 모두 진실로 각자 해 본 것에 관해서만 이야기할 때 세상은 혼란으로부터 조금 자유로워질 수 있지 않을까.

아니 그게 아니라

"청년들이 애를 안 낳아서 큰일이에요, 큰일."
"그게 아니라, 젊은이들이 결혼하기 힘들어서 그래."

"어르신 번호표를 뽑고 기다리셔야지요."
"아니 그게 아니라, 내가 바빠서 그래."

어떤 대화를 하든지 중간에 "그게 아니라"라며 상대방의 이야기를 끊는 사람이 있다. 그게 아니라길래 무슨 말을 하려는지 가만히 들어보면, 디테일을 바꿨을 뿐 앞서 이야기했던 내용을 반복하거나 본인의 이야기가 앞선 발화자의 이야기와 대립각을 세우는 내용이 아님에도 불구하고 일단 "그게 아니라"라고 반박부터 하며 시작하는 경우가 있다. 같은 말을 할 거면서, 또는 상대방의 이야기와는 상관없이 그저 자기 이야기만 하고 싶을 뿐이면서 그들은 왜 "그게 아니라!"라며 상대방의 말을 제지하는 것일까.

주인공이 되고 싶은 마음 때문이다. 상대방의 말은 모두 틀렸고 내 말만 바르다고 주장하고 싶은 마음, 상대방이 한 말과 같은 말을 하고 있지만 그 말이 내 입을 통해 나와야만 기어코 직성이 풀리는 마음, 타인을 향한 사람들의 관심을 자신에게 돌리고 싶은 마음 등 모두 관심받고 싶은 마음, 주인공이 되고 싶은 마음이 발현되는 것이다. 이런 마음은 어린아이나 품을 법하다고 생각되지만, 실상은 거꾸로인 경우가 많다. 나이 어린 사람보다 나이 많은 사람이 오히려 이런 말을 내뱉는 것을 목격할 때가 더 많다. 그렇다면 나이도 드실 만큼 드신 분들이 왜 그렇게 주인공이 되고 싶어 하는 것이며, 타인의 관심을 받고 싶어 안달이 난 것일까.

아마도 자기 존재를 진정으로 인정받아 본 경험의 부재 때문이 아닐까. 가족, 친구, 동료, 지인들로부터 충분히 인정과 지지를 받으며 살아온 노신사들은 굳이 목소리를 높이지 않는다. 작은 목소리로도 영향을 끼칠 수 있으며, 남의 이야기에 끼어들거나 동어반복으로 불필요한 반박을 하지 않아도 충분히 자기 생각을 전할 수 있기 때문이다. 청각이 소실되거나 감퇴해 목소리가 커질 수밖에 없는 상황이 아니라면 목소리가 큰 노인은 대체로 말이 안 통할 확률이 높다. 그들은 모든 대화를 "아니 그게 아니라"로 시작하면서 일단 상대방을 부정하기 때문이다. 그 이후에 무슨 말이 나온들 상대방은 기분이 좋을 리 없다.

"누가 먼저 피해를 줬어? A가 먼저 놀렸지?"

"아니 그게 아니고요. B가 먼저 무시하는 눈빛으로 쳐다봤단 말이에요."

아이들 역시 같은 말을 사용하지만 억울함을 호소하기 위해 "아니 그게 아니라"를 외칠 때가 많다. 아이들은 끊임없이 평가받는다. 부모로부터, 교사로부터, 친구들로부터. 그리고 그 평가는 예리한 비수가 되어 아이의 마음에 박힌다. 아이들은 자신이 수긍할 만한 평가를 들었을 때 침묵한다. 일단 부정하고 시작하는 어른들과 달리 아이들에겐 아직 솔직함이 남아 있기 때문이다. 한편, 정당하지 않은 평가를 받았을 때는 억울한 마음을 가득 담아 "그게 아니라~"라며 절규한다. 억울한 마음은 남녀노소를 가리지 않고 분노의 정점으로 사람을 끌어올리기 때문이다.

소년과 노년으로 구분 지어 이야기를 풀어보았지만, 사실 그 둘 사이의 경계는 모호하거나 의미 없을 때도 많다. 막무가내인 아이도 있고 억울함 가득한 노년도 분명 존재하기 때문이다. 그래서 우리는 늘 귀 기울여 가만히 잘 들어보아야 한다. 그것이 억울한 이의 절절한 호소인지, 인정을 갈구하는 무대뽀 같은 투쟁 방식인지 알아낸 뒤 현명하게 대처해야 한다. 전자라면 억울한 일이 없도록 그 한을 반드시 풀어 줘야 할 테지만, 만약 후자라면 건강한 대화는 이미 불가능에 가깝기에 그 자리를 회피하는 것이 어쩌면 더 나은 선택이 될지도 모를 일이다. 무차별적이며 막무가내인 '그게 아니라' 공격으로부터 우리는 스스로 보호해야 한다.

결혼을 언제 해야 해?

오륙 년 전, 주변 친구들이 약속이라도 한 듯 우르르 결혼하던 시절에 대화 주제로 참 많이 오르내리던 말이 있다. "결혼하면 무엇이 좋을까?" 그리고 "결혼을 언제쯤 하는 것이 좋을까?" 당시에는 모이기만 하면 서로의 경험담, 혹은 주변에서 주워들은 이야기를 서로에게 전하며 결혼이 왜 좋은지, 어떤 점에서 불편한지 의견을 나누느라 분주했다. 한데 모든 현상에는 양면성이 있기에 양쪽의 가능성을 고루 살펴야 한다는 것을 모르는 사람이 없음에도 불구하고 유독 결혼 이야기에 있어 극단성을 띠는 사람들이 있었다.

먼저 무조건 좋다는 사람이다. 이런 사람은 결혼하니 모든 것이 무조건 좋다는 식이다. "안정감이 생기고, 아이가 주는 기쁨이 있으며, 자산 증식에도 도움이 되고, 마음 놓고 직장동료를 함께 흉볼 사람이 생기는데 그것은 곧 무조건적인 내 편이 생긴다는 뜻이며…" 등의 이유로 결혼하기를 참 잘했다고 생각하며, 따라서 타인에게도 무조건 결혼을 추천한다. 반대로 무조건 결혼하지 말라는 사람도 있다. "피곤해서 혼자 있고 싶은데 그럴 기회가 없고, 집안의 대소사가 두 배로 늘어났으며, 아이를 낳지 않을 건데 결혼했더니 아이 낳으라는 압박에 오히려 결혼 전보다 스트레스가 늘었고, 취미 생활을 하는 시간이 현저히 줄었으며, 인간관계가 협소해졌고…" 등의 이유를 들며 결혼에 회의적인 의견을 피력한다. 가만히 들어 보면 대부분 자기 결정권을 침해받는다는 내용으로 수렴된다. 결국, 결혼의 장단점을 요약해 보자면 장점은 든든함이요 단점은 자유의 박탈인 셈이다. 왜 든든해지는지, 무엇이 그토록 자유를 침해하는지 다채로운 사례를 통해 이해의 폭을 넓혀야 어떤 선택을 하더라도 후회를 적게 남길 수 있다. 무언가를 결정할 때 한쪽 면만 바라보며 결정하는 태도는 한쪽 눈을 감고 외나무다리를 건너는 행위와 같기에 위험하다.

철학을 공부하면 진리에 도달해 진정으로 행복한 삶에 이를 수 있으리라고 생각했던 적이 있다. 하지만 반은 맞고 반은 틀린 생각이다. 전심으로 공부하고 배운 것을 삶으로 실천해 낼 수 있는 사람이라면 진리 근처에 도달했다고 말할 수 있을지도 모르겠지만, 만약 배우기만 하고 배움을 삶으로 실천해 내지 못한다면 오히려 제대로 살아내지 못한다는 생각에 자괴감과 자책감이 더 커지게 된다. '차라리 몰랐으면 좋았을걸'이라는 생각과 함께 자기 비하의 소용돌이에 빠질 위험성이 존재하는 것이다. 이런 양면성을 미리 알려 주는 자가 좋은 스승인 셈이다. 결혼에 대한 생각 역시 마찬가지다. 장단점을 명확히 알고 있어야 한다. 그리고 치우침 없이 그 둘을 모두 말해 주는 사람이 좋은 인생 선배라 할 수 있다. 한쪽 측면만 과도하게 강조하는 사람은 삶의 다양성을 간과하는 사람이며, 다양성을 바라볼 줄 모르는 사람은 아집에 빠지기 쉽다.

결혼을 언제 하는 것이 좋냐는 질문은 별 의미가 없는 질문이다. 답을 낼 수 없는 질문이기 때문이다. 결혼을 언제 해야 좋을지 누가 어떻게 알겠는가. 서른에 하면 좋을 것인가, 서른다섯에 하면 좋을 것인가, 서른일곱은 어떻고 마흔은 또 어떤가. 그게 무슨 큰 차이가 있을까. 나이 말고 다른 것으로 기준을 잡으면 조금 더 나은 대답이 나올까? 가령 '경제적으로 어느 정도 자리를 잡은 뒤'라던가 '아이가 예뻐 보일 때' 같은 대답들. 하지만 이런 대답 역시 별 도움이 안 된다. 너무 막연해서 기약 없어 보이거나 지극히 주관적이기 때문이다.

그래서 결혼을 언제 해야 좋을지를 묻는 것보다 우선되어야 할 사항은 나를 아는 것이다. '나를 안다'라는 말은 참 고리타분해 보인다. 책에나 나올 법한 표현이기 때문이다. 하지만 진리는 언제나 단순하며 귀가 따갑도록 들어온 익숙한 말일 때가 많다. 나를 알지 못하면 어떤 사람이 나에게 맞는 사람인지 판단할 수 없다. 나에게 딱 맞는 사람은 없으며 서로 맞춰 가는 것이 곧 결혼이라고는 하지만, 쪼개진 퍼즐을 맞추는 일과 나무를 갈아서 직접 퍼즐을 만들어 맞추는 일에는 엄연히 다른 수준의 수행이 필요하다.

이는 비단 결혼에만 국한되는 문제가 아니다. 직업을 선택하거나 사람을 사귀는 일에서도 나를 잘 아는 것이 중요하다. 그래야 주변에 휘둘려 잘못 선택하는 우를 범하지 않을 수 있다. 고등학생 시절 수능을 두어 달 앞두고 해군사관학교 면접을 봤다. 신체 조건의 이유로 입학 후 장교 생활이 녹록지 않을 것 같다는 사실을 면접장에 가서야 알게 된 뒤, 3년간 품어 왔던 사관생도의 꿈이 좌절되었다. 갑작스레 목표가 소실된 탓에 다른 목표를 설정하지 못했고, 결국 어영부영하다가 친구들이 많이 가는 지방 국립대학교에 가게 되었다. 막연하게 어딘가에서 주워들은 법 과목을 공부해 두면 공무원 시험 볼 때 도움이 될 거라는 소리를 떠올리며 법학과에 진학했다. 재미있는 것은 입학 후 첫 중간고사가 되어서야 내가 한자를 읽을 수 없다는 사실을 깨달았다는 점이다. 나를 알지 못해 시간도 돈도 낭비하고 만 셈이다. 퇴사

이야기가 봇물 터지듯 하는 출판 시장의 트렌드만 보더라도 자신을 알기 위한 여정이 절대 쉽지 않다는 것을 가늠할 수 있다. 많은 사람이 늦게서야 나를 알기 위한 여정을 떠나고 있다. 나이를 먹을수록 잘못된 선택이 남기는 리스크는 커진다. 리스크를 줄이기 위해, 궁극적으로는 모든 인간의 이상향인 행복 근처에 가닿기 위해 나를 알기 위한 작업은 끊임없이 이뤄져야 한다. 내가 무엇을 좋아하고 무엇을 싫어하는지, 어떤 것에 인내심을 발휘할 수 있고 어떤 것에 참을성이 없어지는지, 여러 가지 상황속에서 어떤 방식으로 생각하고 행동하는지 나에 관한 질문을 끊임없이 던지는 것이 그 어떤 질문보다 우선해야 한다. 그때 비로소 무의미한 질문을 멈출 수 있다. 지피지기 백전백승, 세상일에 관한 질문의 답은 나로부터 비롯될 때가 많다.

이해할 수가 없네?

"대체 어떻게 그럴 수가 있죠?"

"도저히 이해할 수가 없어요."

세상에는 이해할 수 없는 일이 노처에 널려 있다. 하지만 이해할 수 없는 일을 이해해 보려고 노력하는 일은 가능성의 영역에 속하는 일이다. '이해할 수 없다'는 생각과 감정이 드는 상태는 개인의 경험 혹은 능력에 의해 구성된 자신의 한계를 벗어난 상태를 뜻한다. 이는 당연한 일이며 불가항력적이다. 간장 종지에 온 가족이 먹을 찌개를 담을 수는 없는 법이기 때문이다. 다만 이해하려는 노력을 해 보겠다고 다짐하는 일은 얼마든지 가능한 일이며 의미 있는 행위로서 가치를 지닌다. 끝끝내 이해할 수 없을지라도 그러한 노력은 개인의 세계에 어떤 방식으로든 크고 작은 변화를 불러오기 때문이다.

우리는 보통 자기 경험을 넘어선 어떤 것과 마주할 때면 놀란 토끼처럼 눈을 커다랗게 뜨며 "어떻게 그런 일이 있을 수 있지?"라는 말을 자기도 모르게 내뱉곤 한다. 교사들의 어린 시절 학업 성취도를 조사해 본 결과 우등생이었던 비율이 압도적으로

높았다는 어느 기사를 본 기억이 있다. 조사 결과뿐 아니라 경험적으로 주변 동료 교사들과 이야기를 나눠 봐도 어린 시절 공부를 못했다가 뒤늦게 정신 차려 교사가 된 사례보다 어릴 때부터 어느 정도 공부를 잘해서 무난하게 교사가 된 경우가 압도적으로 많다. 그런 배경 탓인지 간혹 가르쳐도 가르쳐도 한글을 못 읽는 아이가 어째서 늘 교실에 존재하는지, 간단한 사칙연산을 왜 그렇게 어려워하는지 도무지 이해하지 못하는 교사들이 있다. 경험을 넘어서는 이해라는 것은 애초에 몇몇 사람에게만 허락된 선물 같은 통찰일까.

나 역시 그런 경험이 있다. 아내의 집에 처음 놀러 간 날 받았던 충격이 지금도 생생하다. 연애를 시작하고 얼마 지나지 않아 예비 장인 장모님께 얼굴을 비치러 가끔 처가에 얼굴을 들이밀곤 했다. 그렇게 몇 차례 왕래한 이후 처음으로 처가에서 식사할 때였다. 예비 사위가 될지도 모르는 사람이 왔다고 처가 어른들이 소고기를 구워 주셨다. 등심과 안심과 살치살이 고소한 냄새를 풍기며 익어 가는 것을 바라보면서 술에 취하지 말자고 다짐하며 식탁에 앉아 있던 그때, 아내가 잘 구워진 소고기 한 덩어리를 집어 들어 접시에 올린 뒤 가위로 먹기 좋게 몇 덩이로 자르더니 '봄이'를 불렀다. 봄이는 아내 집에서 키우던 애완

견이다. 봄에 데려왔다고 해서 봄이가 된 그 녀석은 그렇게 유유히 소고기 한 덩어리를 입에 물고 나를 위아래로 훑어보았다. 사람이 먹기에도 귀한 소고기를 왜 개한테 주는지 당시에는 이해할 수 없었다. 아무리 함께한 세월이 길고 가족 같은 존재라고 한들 개는 그저 개일 뿐 사람과는 엄연히 다른 존재라고 생각했던 당시의 나 역시 경험을 넘어선 이해를 해내지 못하는 필부였던 셈이다.

좋은 교사란 무엇일까. 사람마다 서로 다른 기준으로 좋은 교사에 대해 정의 내릴 테다. 교과목을 재미있게 잘 가르치는 교사, 아이들과 마음을 터놓고 지내는 교사, 권위와 친근함 사이를 잘 조율하는 교사, 하루에 한 번 아이들의 이름을 불러 주는 교사, 아이들의 성장을 위해 좋은 자극을 끊임없이 제공하는 교사…. 모두 훌륭하고 모범적인 교사상이다. 내가 생각하는 좋은 교사란 아이들의 삶을 읽어 줄 수 있는 사람이다. 그것은 좋은 교사의 조건이자 교사의 역할이다. 교사는 단순한 지식 전달자가 아니다. 지식의 전달도, 친근한 관계를 맺는 것도, 권위의 수립도, 좋은 역할 모델이 되어 주는 것도, 삶에 도움이 되는 동기를 부여하는 일도 모두 아이의 삶을 읽어 낼 수 있어야 가능하다.

'도저히 이해를 못 하겠다'라는 말은 적어도 학생 앞에 서는 교사라면 입에 담기 전에 한 번 더 생각해 봐야 할 말이 아닐까. 이해를 못 할 수 있다. 그것은 말 그대로 못 하는 것, 할 수 없는 것이니까. 자기 삶의 범주를 벗어난 삶은 무한에 가깝도록 존재하기에 이해하지 못하는 것 자체가 나쁠 수는 없다. 다만 이해를 못 하겠다며 고개를 절레절레 흔들고 그곳에서 멈출 때 그것은 이해를 안 하겠다는 것과 다름없는 말이 되어 버린다. 이해를 못 하는 것은 당연하지만, 이해를 안 하겠다고 선언하는 것은 분명 교사로서 자질 부족을 드러내는 일이다. "아니, 그 아이는 도대체 왜 그렇죠? 도저히 이해를 못 하겠어요"라는 말은 그래서 불편하다. 이해하지 않겠다는 냉담한 태도가 읽히기 때문이다. 삶을 읽어 주고 싶지 않다는 뜻이기 때문이다. 교사는 아이의 삶을 읽어 내야 한다. 그래서 사람이라면, 특히 교사라면 이해의 폭을 넓히려 애써야 한다. 어쩌면 교사는 그 아이의 곁에서 삶을 읽어 줄 수 있는 유일한 어른일지도 모르기 때문이다.

그러하기에 '그럴 수도 있다'라는 생각이 꼭 필요하다. 우리의 경험과 인식은 세상의 모든 것을 담아낼 수 없기 때문이다. 다만 그것이 타인을 이해하기 귀찮을 때 매정한 무관심을 바탕으로 뱉어 내는 가식의 말이 되어서는 안 된다. 이해할 수 없는 타인을 이해하기 위한 진실한 노력을 바탕으로 행하는 행위, 모르는 것에 대한 무한한 가능성을 인정하려는 태도가 되어야 한다. 그럴 때 "그럴 수도 있지"라는 말은 싸늘한 외면의 시선이 아닌 따뜻한 이해의 눈빛으로 자리 잡을 수 있다. 영화도 좋고 책도 좋고 봉사활동도 좋다. 각자의 마음에 와닿는 쉽고 끌리는 방법을 찾아 스스로 자주 자극을 줘야 한다. 그렇게 나와 다른 사람들을, 내 기준에 일반적이지 않은 상황을 만드는 사람들을, 도무지 왜 그런 말과 행동과 선택을 하는지 이해되지 않는 사람들을 자꾸 바라보고 그 원인을 파악하려고 애써야 한다. 울타리 안에서 같은 것만 바라보며 살아서는 결코 새로운 풍경을, 새로운 사람을 마주할 수 없을 테니까.

누가 선생 아니랄까 봐

"누가 선생 아니랄까 봐, 가르치려고 하고 있네!"

교사는 설명하는 사람이다. 지식을, 세상살이를, 선한 것과 악한 것을, 내가 알고 있는 것과 아이가 알아야 하는 것을, 살아가는 데 도움이 될 법한 것을, 추상적인 것과 구체적인 것을 매일 학생들에게 설명한다. 특히 고등보다는 중등이, 중등보다는 초등이, 초등보다는 유치원이, 나이가 어린 학생을 대할수록 더 자세하고 구체적으로 말해야 한다. 그렇게 평생을 살다 보면 자연스레 그런 입버릇이 스며들게 된다. 가르치는 대상의 나이가 어릴수록 추상적인 개념보다는 구체적인 사례와 자세하고 명확한 보조 자료가 있어야 아이들의 이해를 돕는데 수월하기 때문이다.

교사가 교실에서 끊임없이 설명하는 또 한 가지 이유는 아이들이 세상을 바르게 이해하길 바라기 때문이다. 대략적인 설명은 세상을 왜곡시켜 이해하게 만든다. 본인의 한정적 경험에서 비롯된 배경지식에 한해 이해를 시도할 때 얼마나 위험한 일이 벌어지는가. 직업적으로 그런 생활을 해 온 탓에 무언가에 관해 이야기할 때 일반적으로 자세하고 세부적인 설명을 덧붙일 때가 많다. 이를 단순히 직업에서 비롯된 습관이라 할 수도 있겠지만 조금 달리 생각해 본다면 배려를 몸에 익힌 것이라 할 수도 있다. 상대방이 개념을 오해하지 않고 정확히 받아들이도록 상세함을 덧붙여 주려는 마음, 이것은 아이들과의 생활에서뿐만 아니라 성인 간의 교류에서도 동일하게 적용되는 마음 씀의 메커니즘이다.

금융업에 종사하는 사람들을 두고 흔히 숫자에 밝다고 말한다. 이를 단순히 사칙연산에 능하다는 의미로 받아들이는 사람은 없다. 그보다는 수와 관련된 개념을 빠르게 받아들이고 이해하며 타인에게 전달하는 능력이 뛰어남을 의미한다고 보는 것이 더 적합하다. 즉, 수에 밝다는 말은 수와 관련된 감각이 예민하게 갈고닦아져 언제든지 빠르게 반응하고 대처하며 풀어낼 준비가 되어 있는 상태라고 볼 수 있겠다. 이재에 밝다는 말 또한 그런 의미에서 비슷하게 볼 수 있겠다. 이재에 밝다는 말을 단순히 재물을 탐하고 욕심이 많은 사람을 지칭하는 말로 해석해서는 곤란하다. 그보다는 재물의 속성과 이치를 깨닫고 돈 버는 방법을 파악해 실제로 돈을 잘 벌고, 그러한 과정에서 세상을 복합적으로 파악하는 능력이 뛰어나다는 의미로 봐야 더 정확하다.

그렇다면 다시 돌아와 선생이라서 가르치려고 한다는 말의 뜻을 한번 생각해 보자. 선생은 가르치는 일을 하는 사람이기 때문에 일반적인 상황에서도 가르치려고 하는 것일까? 그보다는 앞서 이야기한 숫자에 밝은 사람이나 이재에 밝은 사람이라는 말의 의미처럼 생각을 확장해 본다면 가르치는 일을 하면서 자연스레 몸에 습득된 태도가 삶에 내재해 언제든 친절하고 자세하게 풀어서 안내할 줄 알게 된 사람이라고 보아야 조금 더 적절하지 않을까.

가르치려는 것과 오차 없이 개념을 온전히 전달하고자 하는 것은 전혀 다른 마음에서 발생한다. 전자는 선민의식에서 비롯되는 태도이지만 후자는 선의의 배려에서 태동하는 태도다. 물론 선민의식에서 비롯된 오만함이 내재한 교사가 아예 없다고 말할 수는 없겠지만 많은 경우 오만함보다는 친절과 배려가 그 밑바탕일 때가 많다. 서로가 조금 더 따뜻하게 바라보는 세상이 된다면, 그래서 우리 두 눈에 씌워진 각양각색의 색안경이 조금은 투명해진다면.

학교에선 이런 거 안 가르치지?

교육

인간이 삶을 영위하는 데 필요한 모든 행위를 가르치고 배우는 과정과 수단.
(출처: 네이버 지식백과)

지식과 기술 따위를 기르치며 인격을 길러 줌. (출처: 표준국어대사전)

네이버 지식백과에 따르면 교육은 인간이 살아가는 데 필요한 모든 것을 가르치고 배우는 과정과 그 과정을 돕는 수단이다. 그런데 사전적 정의라고 하기엔 다소 두루뭉술하다. 일단 '모든 것'이라는 말이 그렇다. 단어에 대한 정의는 지구상에 존재하는 인간의 수만큼이나 다양하기에 어떤 정의가 되었든 사람에 따라 다시금 수백 수천 가지 의미로 해석될 가능성이 있다. 예를 들어 '인간이 삶을 영위하는 데 필요한'이라는 표현을 어떤 사람은 직업적인 차원에서 개념을 정의할 수도 있고, 다른 사람은 정신적 또는 종교적인 차원으로까지 개념을 확장할 수도 있다. 전자에 해당하는 사람은 직업 교육이 교육의 역할이라고 주장할 것이며 후자에 해당하는 사람은 종교, 철학, 역사, 문학 등 인간의 정신활동에 필요한 모든 것을 교육이 담당해야 한다고 주장할 것이다.

이처럼 정의에 대한 정의는 끝도 없이 확장된다. 이것이 바로 교육에 대해 합의점을 찾기 어려운 가장 큰 이유다. 각자가 품고 있는 교육에 대한 생각의 스펙트럼이 너무 넓기 때문이다. 다양성을 존중하자는 생각이 정반합의 건강한 결과물을 도출해 낼 때도 있지만 때로는 대책 없는 혼란을 가중하기도 한다. 대표적인 것이 교육에 대한 장삼이사들의 끊임없는 숟가락 얹기다.

가끔 특강이나 연수에 참여해 보면 주제에 따라 교육의 목적이 성형 중독에 빠진 사람의 얼굴 변화만큼이나 변화무쌍하게 바뀌어 도대체 내가 교사로서 학교에서 무엇을 교육해야 하는 것인지 정신을 못 차릴 정도로 혼란스러워진다. 글쓰기가 주제인 특강에서는 교육이란 글을 쓰는 사람을 길러 내는 일인데 글 쓰는 사람이 대체 얼마나 되느냐며 학교에서 글을 쓰는 시간이 있기는 하냐고 교사들을 몰아세우면서 우리나라 교육이 망했다고 질책한다. 소프트웨어 연수를 들으면 4차 산업혁명에 대비해 컴퓨팅 사고력을 길러 주는 것이 교육인데 우리나라 교육은 여전히 19세기에 갇혀 제대로 된 역할을 하지 못한다고 말한다. 나라가 선진국으로 진입할수록 금융교육이 절실히 필요한데 우리나라 학교에서는 아이들을 금융 문맹으로 길러 내고 있다며 학교와 교사를 한심하고 시대에 뒤떨어진 사람으로 매도한다.

다양한 권리가 강조되는 시대의 흐름에 맞춰 장애 인권, 청소년 인권, 여성 인권, 노동인권 등 각종 인간의 권리에 대한 교육이 이루어져야 한다고 말하는 인권 예찬론자들도 빼놓을 수 없다.

재미있는 사실은 이미 이런 교육이 학교에서 모두 이루어지고 있다는 점이다. 정규 교과로 만들어지지 않았을 뿐이지 교사들은 세상이 중요하다고 외치는 각종 주제를 의무 교육(생존 수영, 119 안전체험, 소방훈련, 화재대피훈련, 지진훈련, 보건 수업, 성평등 수업, 학교폭력 예방 교육, 인권교육, 미디어 리터러시, 인공지능 교육 등 끝도 없다)의 형태로 시행하고 있다. 그리고 창의적 체험활동과 교과 수업 시간을 활용해 다양한 계기 교육(교육과정에 제시되지 않은 특정 주제에 대해 이루어지는 교육)을 빼놓지 않고 교과에 녹여 내어 아이들에게 가르치기 위해 고군분투하고 있다.

교육을 다채롭게 정의하는 행위 자체는 나쁘지 않다. 그 정의에 걸맞은 교육을 직접 수행하거나, 그러한 교육과정이 필요한 수요자가 해당 교육과정을 집행할 기관 또는 스승을 찾아서 충족시키면 되기 때문이다. 문제는 그러한 다채로운 정의가 학교로 끊임없이 수렴된다는 데 있다. 시간적, 물리적, 인적 자원이 한정된 학교라는 단일한 공간 안에 그토록 다양한 교육적 요구가 너도나도 서로 더 중요하다며 정수리를 들이밀고 앞다투어 들어오는 것을 보고 있노라면 규중칠우쟁론기가 떠오르기까지 한다.

교육의 최전선에서 종사하는 사람들은 오히려 교육이 무엇인지 정의 내리기 어려워한다. 세상사 복잡하지 않은 일이 없듯 교육 또한 복잡다단한 것임을 매일 몸소 체험하며 살고 있기 때문이다. 각자가 바라보는 교육이 이토록 다를진대 교육이 무엇인지 합의 내리기 어려운 것은 어찌 보면 당연한 일이겠다는 생각도 든다. 다만 목소리 큰 사람이 중요하게 생각하는 것이, 자본의 논리에 부합하는 것이, 민원에 따라 좌지우지되는 것이, 유행이라는 가벼운 바람에 휩쓸리는 것이 교육이 되지 않았으면 좋겠다고 생각할 뿐이다.

공부 머리라는 것이 있지요?

"교사로서 아이들을 가르쳐 보니 어때요? 확실히 공부 머리라는 것이 있지요?"

가끔 이런 질문을 받는다. 공부할 때 타고난 새능이 있는지, 노력이 그 재능을 뛰어넘을 수 있는지. 이미 우리는 알고 있다. 어느 분야든 타고난 재능이라는 것이 존재하며, 그 재능을 노력으로 따라잡기는 어려운 일이라는 것을. 그런데도 이런 질문을 던지는 이유는 나의 자녀에게 그 재능이 일부라도 있는지 없는지 판단하기 위한 근거 자료가 필요하기 때문이리라.

확실히 재능을 타고난 소수의 천재는 존재한다. 그들은 스스로 깨친다. 스승의 존재마저 뛰어넘으며, 때로는 스승이 필요 없어 보이기까지 한다. 아인슈타인, 스티븐 호킹, 레오나르도 다빈치, 김웅용, 송유근 같은 천재들의 공통점이 있다. 보통 사람이라면 옹알이를 떼고 더듬더듬 한두 마디 말을 하기도 벅찰 나이에 모국어는 물론이거니와 외국어까지 유창하게 섭렵하고, 양자역학이니 상대성이론이니 하는 시대의 최전선에 있다는 과학적 지식을 이해하는 등 평범한 사람이 평생에 걸쳐 도달하기 힘든 인지 수준을 매우 어린 나이에 돌파해 버린다. 이런 재능을 가지고 엄청난 성취를 이뤄 내는 사람들을 보면 재능의 유무를 고민하는 것 자체가 무의미해 보인다. 그들의 존재 자체가 재능의 현현이기 때문이다. 실제로 우리는 주변에서 그렇게 떡잎부터 다른, 어차피 될 놈을 하나둘 마주해 본 경험이 있다. 그들은 열악한 가정 형편이나 도저히 공부할 수 없을 것 같은 환경에서도 탁월한 성취를 이루어 낸다. 남들보다 늦게 시작했거나 지원해 줄 부모의 부재에도 불구하고 그들은 결국 해낸다. 소위 개천의 용인 셈이다. 하지만 개천의 용이 주목받는 이유는 하나다. 그것이 일반적이지 않은 특별한 일이기 때문이다.

우리는 주변에서 천재를 마주할 일이 거의 없기에 인간의 범주를 벗어난 듯한 재능을 가진 사람의 존재를 상상하기가 어렵다. 그런데도 재능이라는 것을 어렴풋하게나마 상상할 수 있는 이유는 적당한 재능, 평범한 사람보다 조금 뛰어난 재능을 가진 사람을 주변에서 간혹 발견할 수 있기 때문이다. 그 정도의 재능 앞에서도 우리는 압도당한다. 그러고는 이렇게 말한다. "될 놈은 된다니까."

이는 맞는 말이다. 하지만 교사로서는 받아들이기 힘든 말이다.

타고난 재능이 있다는 것은 부인할 수 없는 사실이지만 그 사람이 정말 재능을 갖추었는지, 그 재능의 역량이 어느 정도인지 판단하는 일은 쉽지 않다. 그래서 '될 놈은 다 된다'라는 말에 기대어 어떠한 조력이나 환경을 조성하는 일에 게으름을 피울 수는 없다. 더군다나 공교육에 종사하는 사람이라면 더더욱 그렇다. 환경이 조금만 더 갖추어졌더라면 지금보다 더 활짝 필 가능성이 있는 '될 수 있어 보이는 놈'들이 늘 교실에 몇 명쯤 존재하기 때문이다. 그렇기에 될 놈은 된다는 말이 때로는 무책임하게 느껴지기까지 한다. 그래서 도대체 어쩌자는 건가. 그냥 다 놔두라는 말인가? 재능 앞에 압도당해 아무것도 할 수 없는 무기력감을 끌어안고 살자는 말인가? 확률이 낮은 변수에 기대자는 말인가? 그렇다면 세상의 모든 노력은 대체 무슨 필요가 있다는 말인가. 교사는 무슨 필요가 있고 부모는 어떤 의미가 있는가. 어차피 다 정해진 대로 될 놈은 되고, 될 일은 되고, 다 결정된 대로 흘러갈 텐데. 철학관만 좋은 일 시켜주는 것 아닌가. 될 놈은 된다는 말처럼 정말 가만히 놔두어도, 뙤약볕과 비바람 속에서도 기어코 자라나고야 마는, 온갖 고난과 역경을 뚫고 기어코 피어나고야 마는 사람도 분명 존재한다. 다만 그런 사람들보다 적당한 환경이 갖추어지면 본인의 재능과 맞물려 더 큰 성취와 발돋움을 할 수 있는 사람이 언제나 더 많다.

인생은 확률 게임이다. 때로는 낮은 확률에 배팅하는 모험을 감행해야 할 때도 있지만 대부분 상황에서 우리는 조금이라도 확률이 높아 보이는 것을 선택하며 살아간다. 나의 자녀가, 나의 제자가 재능이 있는지 없는지 판단하는 것은 낮은 확률이다. 재능의 유무도 그렇고 나의 판단이 맞을 가능성 또한 그렇다. 둘다 확률이 매우 낮다. 좋은 환경을 조성해 주는 것은 확률을 높이는 일이다. 마음을 편안하게 해 주고, 필요한 것을 제공하며, 악영향을 끼치는 것들을 차단하는 것. 물론 어디에나 변수는 있다. 완벽에 가까운 환경을 조성해 주더라도 받아들이는 사람이 거부하면 별수 없는 일이다. 하지만 변수는 말 그대로 변수이기 때문에 고려의 대상이 될 수 없다. 언제 어디에서 튀어나올지 모르는 것을 어떻게 계산하고 예측할 수 있겠는가.

진인사대천명, 할 수 있는 것은 하되 결과는 하늘에 맡긴다. 재능의 유무는 판별할 수 없는 일이다. 변수 역시 내가 어찌할 수 없는 일이다. 그러나 환경 조성은 내가 할 수 있는 일이다. 그렇다면 자녀나 제자를 가르치는 데 있어 내가 할 수 있는 일은 환경을 조성하는 것이다. 그 이외의 모든 과정과 결과는 내 역량을 벗어난 일이다.

할 수 있는 것에 최선을 다하되 결과에는 초연해야 한다. 그것이 오래도록 마음을 다할 수 있는 길이다. 가르치는 일도, 자녀를 기르는 일도, 아니 세상의 모든 일은 대부분 오랜 시간이 걸린다. 될 놈을 찾을 것이 아니라 되게 만들어야 한다. 신데렐라는 가고 평강공주가 온다. 그것은 시대적 흐름이자 지혜의 안착이다.

꼰대세요?

"라떼는 말이야~"

지겹다. 라떼를 시전하는 꼰대스러움이 지겹다는 말이 아니다. 그보다는 오히려 라떼로 시작하는 문장과 사람을 혐오하는 사회적 분위기가 지겹고 피로하다. 꼰대가 되기 싫은 기성세대와 피해의식에 사로잡힌 새로운 세대 간의 갈등은 비단 어제오늘의 일이 아니지만 2020년대에 들어 그 강도가 더욱 심해 보인다. 세대 갈등을 포함해 지역 갈등, 종교 갈등, 남녀 갈등, 정파 갈등 등 온갖 종류의 갈등과 불협화음이 난무한 가운데 이 시대의 화두로 떠오른 꼰대의 낙인을 피해 가기 위해 극도로 자신의 이야기를 아끼는 이들의 모습을 바라보며 세대 간 불화를 넘어 개인 간에도 완벽한 단절이 머지않았음을 직감한다.

소통이란 무엇일까. 소통에 대한 수많은 정의가 있을 테지만, 소통이라는 것은 결국 나와 너의 삶이 교류하며 서로를 이해하게 되고 그러한 이해를 바탕으로 피어난 따듯함의 보호 속에서 냉철한 논리와 이성을 꽃피우는 것이다. 다시 말해 소통은 모든 것의 바탕인 셈이다. 한데 나의 경험, 내 생각을 허심탄회하게 풀어놓지 못하게 미리 서둘러 날카로운 칼을 꺼내 들고 '어디 한 번 걸려만 보라지' 하는 마음으로 노려보는 상대방 앞에서 나의 이야기를 어떻게 감히 꺼내 놓을 수 있을까.

세대 간 대통합이나 기존 지식과 질서의 전수 같은 거창함은 잘 모르겠다. 다민 너도나도 벙어리가 되어 가는 세태기 우습고 서글프다. 꼰대의 특징과 위험성 그리고 맥락적 상황을 몰라서 하는 말이 아니다. 꼰대스러움은 분명 유해하다. 꽉 막혀 있고 자기 생각만 옳으며 타인의 말에 귀를 기울이지 않고 내로남불을 시전하며 자신이 중요하게 생각하는 가치 이외의 것은 받아들이지 않는, 심지어 그 가치조차 순간순간 뒤바뀌어 기준을 모호하게 만들고 조직의 신뢰를 뿌리부터 썩어 가게 만드는 그런 꼰대스러움은 분명 유해하며 비난받아 마땅하다.

다만 그 꼰대스러움을 판단하는 잣대가 특정 언어적 표현에 너무 쉽게 링크되어 '라떼는'이라는 표현이 마치 모든 꼰대스러움의 대표 격이 된 것처럼 사용되는 것이 무섭다. 이는 마녀사냥과 조금도 다르지 않다. 조금만 진지한 이야기를 하려 해도 "으, 진지충 극혐!"이라며 진지한 이야기를 하려는 사람의 입을 사전에 틀어막는 것 또한 마찬가지다. 이는 소통하고 싶지 않다는 의미다. 그런 태도야말로 꼰대스러움이라는 것을 스스로 알고 있지 못함이 분명하다.

'라떼는'이라는 말만 들어도 알레르기 반응을 일으키는 사람들을 보고 있으면 재미있다. 그들이 그토록 경멸하는 꼰대의 특징인 '소통의 부재'를 몸소 실현하며 자신이 꼰대임을 증명하고 있는 셈이니 어찌 우습지 않은가. 과한 것은 모자란 것만 못하다. 거를 것은 거르고 받아들일 것은 받아들일 줄 아는 것이 진짜 소통이자 어른의 자세다. 꼰대론을 외치는 사람 가운데 진짜 어른다운 사람이 얼마나 있을까.

○○ 미만 잡

'우주에 비하면 우리는 티끌과도 같은 존재'라는 말처럼 무한에 가까운 압도적인 시공간의 규모 앞에 인간이란 얼마나 유한한 존재인가. 이는 다소 철학적이긴 하지만 항상 겸손을 잃지 말라는 의미 있는 메시지를 전한다. 『팩트풀니스』라는 책은 세상을 바르게 바라보지 못하게 만드는 인간의 열 가지 본능에 관해 이야기한다. 그중 '간극 본능'에 관해 이야기해 보려 한다. 간극 본능은 어떤 대상을 뚜렷이 구분되는 두 집단으로 나누려는 본능을 뜻하는데, 요즘 말로 치면 '무엇무엇 미만 잡'이라는 말로 설명할 수 있다.

인터넷에서 주로 사용되는 '○○ 미만 잡'이라는 표현은 ○○에 해당하는 무엇무엇은 최고의 가치를 지녔으며 그 이하의 것은 모두 잡스러운 것이므로 별 의미가 없다는 뜻이다. 서울 미만 잡, 손흥민 미만 잡, 최민식 미만 잡 등의 표현을 예로 들면 자신이 가치를 부여하는 대상(서울, 손흥민, 최민식)이 압도적으로 우월한 포지션에 있으므로 그 이외의 모든 것은 순위를 매기는 것이 무의미하다는 의미다. 이는 자신이 소유하고 있거나 혹은 가치가 있다고 생각하는 것에 과도한 값을 매겨 세상을 정확하고 촘촘하게 바라보지 못하고 아주 느슨하고 대략적으로 인식하게 만든다. 이는 간극 본능의 전형적인 발현이라 할 수 있다.

'관상은 과학'이라는 말은 단순히 시대의 유행어에 불과한 것일까, 아니면 통계에 바탕을 둔 진리에 가까운 것일까. 수학자들은 세상일은 재미있게도 수학과 연관되는 부분이 많다고 한다. 그들의 말에 모두 동의할 수는 없지만, 통계라는 학문이 어느 정도 현실에서 유용하게 사용되고 적용되는 것을 목격할 때면 수학과 현실의 연관성에 놀라 절로 고개가 끄덕여질 때가 있다. 하지만 간극 본능은 극단값에 몰두하게 되어 세밀하게 세상을 바라보지 못하게 만드는데, 이는 극단값을 제외하고 의미를 찾아야 하는 수학적(통계적) 세계관에 정확하게 반하는 사고방식이다. 극단적인 예외 사례를 제거하고, 더 넓은 범위에 속하는 보편적인 세상을 바라보지 못하게 만들며, 오히려 예외 사례가 일반적인 것처럼 착각하게 만들어 정확성을 떨어뜨리는 인식 방식이기 때문이다.

간극 본능은 막대한 부를 소유하고 있거나, 사람들의 이견 없이 압도적으로 성공했다는 사람들이 오만해지는 이유를 잘 설명한다. 부와 권력의 최상층에 위치하는 사람들은 월 100만 원을 버는 사람과 월 200만 원을 버는 사람, 월 300만 원을 버는 사람들의 삶 속에 존재하는 미세한 차이를 섬세하게 인식하지 못할 '가능성'이 있다. 비행기를 타고 땅을 내려다보면 1층 건물이나 10층 건물이 비슷해 보이듯 너무도 압도적인 부와 권력을 소유하고 있기에 나 정도 버는 사람 미만 잡이라는 사고방식에 사로잡혀 100만 원을 버는 사람이나 200만 원을 버는 사람이 모두 거기서 거기리고 생각하며 자신과 나머지 사람으로 소득 격차를 간단하게 분류해 버리는 우를 범하기도 한다. 이는 강한 놈과 약한 놈, 부자와 빈자로 세상을 이분법적으로 바라보게 된다.

하지만 간극 본능은 꼭 부유한 사람, 성공한 사람들만 빠지는 늪이 아니다. 세상을 촘촘하게 바라보지 못하게 만드는 간극 본능에 우리도 이미 지배당하고 있다. SNS가 바로 그것이다. SNS를 많이 하는 사람일수록 자괴감, 박탈감, 현실 부정, 분노 등의 감정을 느끼는 빈도와 강도가 높아진다. 우리 주변에서 보기 어려운 상위 1% 극단값에 해당하는 삶을 바라보며 그것이 마치 세상 모든 사람의 삶인 것처럼 느끼고, 나만 그렇게 살지 못한다는 착각에 빠지게 되는 것이다. 모두가 그렇게 살지 않는다는 것을 알면서도 그런 감정에 빠지는 것은 곧 인간은 시각적인 자극에 속아 스스로 감정 조절을 유능하게 해내지 못하는 존재임을 입증하는 것과 같다.

세상은 생각처럼 단순하지 않다. 미세하고 작은 수많은 존재와 그것들 간의 연관성을 들여다보려고 끊임없이 노력해도 결코 모든 것을 들여다볼 수 없는 것이 세상이다. 그런데 이토록 단순하게 세상을 바라보게 만드는 본능에서 벗어나지 못한다면 세상을 정확하게 인식하기 힘들 것이고, 그것은 어떠한 형태로든 삶에 부정적인 영향을 끼치게 된다. 스스로 이런 인식의 오류를 자각하고 깨닫기는 어렵다. 선각자들의 책을 읽어야 하는 이유가 바로 여기에 있다. 우리가 매일 부딪히면서도 미처 깨닫지 못하는 여러 현상에 대해 친절하게 풀어놓은 책을 읽다 보면 현상을 해석하려는 노력을 기울이지 않는 자기 모습에 흠칫 놀라기도 한다. 그런 의미에서 인문학의 유행은 두 팔 벌려 환영할 일이다.

야, 그 돈이면 씨

자동차를 처음 장만하려고 여기저기 조언을 구하다 보면 듣게 되는 말이 있다. "그 돈 씨", "보태가 병"으로 일컬어지는 생각, 조금만 더 보태면 한 등급 높은 차를 살 수 있겠다는 말이다. 조그마한 경차를 보러 갔다가 소형차를 보게 되고, 소형차 살 돈이면 중고 준중형차를 살 수 있을 것만 같고, 거기에 쪼끔만 더 보태면 중형차도 무리가 없을 것 같은데…. 이런 식이라면 롤스로이스 팬텀도 구매할 수 있을 것만 같다.

조금 더, 조금 더 하다 보면 어느새 내 주머니 사정은 자세히 살펴볼 겨를도 없이, 끝없이 눈만 높아지고 있는 자신을 발견하게 된다. 그렇게 잠시 백일몽을 꾸고 난 다음 힘차게 고개를 가로저으며 현실로 돌아와 내가 가지고 있는 예산을 고려해 합리적인 소비를 진행하는 사람이 있는가 하면, 자기 능력을 과신한 탓인지 아니면 그 정도는 질러야 열심히 살아갈 이유가 생긴다거나 자기만족 등의 명분으로 백일몽을 기어코 현실화시키고야 마는 사람들도 있다.

이런 사례는 비단 자동차에만 국한되는 것은 아니다. 소비할 때 우리는 항상 가격을 따져 보고 조금 더 나은 선택을 하려고 노력한다. 하지만 소비에서 오는 우월감 때문에 일단 저지르고 마는 소비 행위는 조심해야 한다. 약간 무리하는 선에서 감행하는 선택이라면 만족도도 높고 그로 인해 파생되는 다양한 장점이 그 약간의 무리함을 충분히 상쇄시켜 줄 수 있을지도 모른다. 하지만 그 '무리함'으로 다가오는 지점이 엄청난 부담으로 나를 압도해 버릴 정도가 된다면 그것은 머지않아 삶에 큰 타격을 주는 부메랑이 되어 돌아올 것이 분명하다.

이렇게 무리한 선택을 감행하는 이유는 얇은 귀와 자기 파악 부족, 허영심의 환장적인 컬래버레이션 때문이다. 귀가 얇다는 것은 언제든지 타인의 관점으로 자신의 인생을 색칠할 준비를 하고 있다는 말과 같다. 나의 인생을 살지 못하고 이리저리 휘둘리며 사는 것은 결코 나에게 행복을 주고 싶지 않다는 생각을 몸소 실천하는 것과 다르지 않다. 메타인지, 자기 파악 능력이 중요하다는 것은 학습 이론을 공부할 때 반드시 나오는 개념이다. 하지만 자기 파악 능력은 공부할 때만 필요한 것이 아니다. 삶을 살아가고 돈을 쓸 때도 꼭 필요한 능력이다. 메타인지가 부족한 사람은 자신이 감당할 수 없고 책임질 수 없는 결정을 내려 자신과 주변 사람들에게 무거운 짐을 지운다.

허영심에 대해서는 더 이상 무슨 말이 필요할까.

무리한 선택은 균형을 무너뜨린다. 마치 드래곤볼에서 셀이라는 막강한 적과 대적할 때, 트랭크스가 근육만 무리하게 키워 잠시 파워를 올린 후 흥분 상태로 셀을 곧장 바닥에 패대기칠 것처럼 몰아붙이지만, 무리한 파워업으로 인헤 한순간에 균형이 깨져 버려 셀에게 손가락 하나 못 대고 비참하게 패배하는 모습을 연상시킨다. 삶에서 밸런스는 매우 중요하다. 무리하게 한쪽으로 치우친 삶은 그것을 오래도록 지속시킬 지구력을 갖추기 어렵게 만든다. 투자와 소비 같은 경제적인 부분뿐 아니라 아이를 양육할 때도, 독서 습관을 기를 때도 삶의 전방위에 걸쳐 균형을 잃지 않도록 유념해야 한다.

남들의 이목을 최우선의 선택 기준으로 두고 내리는 결정은 결과적으로 공허함을 가져온다. 우리의 길고 긴 인생에서 가장 중요한 것은 결국 나다. 남들에게 보이는 시간은 아주 잠깐이지만 나와 함께하는 시간은 길다. 우리는 인생의 대부분을 나와 함께 보내고 있다는 사실을 기억해야 한다. 인생은 나와 함께하는 여정이다.

나는 친구이기도, 극복해야 할 대상이기도, 함께 가야 할 동반자이기도 하다. 나를 납득시키고 나에게 인정받고 나를 응원해 줘야 한다. 그래야 어떤 일을 도모할 수 있고, 지치지 않을 수 있고, 오랜 시간을 투입해야 하는 장기적인 프로젝트에 나를 온전히 던질 수 있다. '조금 더'라는 유혹을 뿌리치고 균형을 유지할 수 있을 때, 우리는 삶이라는 땅 위에 깊고 온전하게 뿌리내리고 살아갈 수 있지 않을까.

책으로만 배웠구나?

"책으로만 배웠구나?" 이론만 알고 현실을 잘 모르는 사람들을 비웃을 때 주로 사용하는 말이다. 하지만 자신의 미숙함과 불완전함을 이해해 달라는 의미를 담아 머리를 긁적이며 "아이고, 제가 책으로만 배워서요"라고 말하면 누구도 뭐라고 하지 않을 테다. 어느 누가 그런 겸손함을 싫다고 하겠는가. 하지만 누군가가 타인의 부족한 모습을 질타하기 위해 "너 책으로만 배웠구나?"라며 은근한 멸시를 담아 이 문장을 사용할 때는 심장이 쿵쾅거리며 참을 수 없는 분노가 정수리 끝까지 치밀어 오르는 것을 감추기 여간 힘든 일이 아니다.

별것도 아닌 말에 왜 이렇게 화가 나는지 곰곰이 생각해 본 결과 두 가지 원인을 알게 되었다. 첫 번째 이유는 타인의 부족한 모습을 깎아내리려는 모습 자체에 화가 나는 것이고, 두 번째 이유는 내가 사랑해 마지않는 책과 글을 폄훼의 도구로 사용했다는 데서 오는 모욕감 때문이다. 마치 내가 무척이나 존경하고 사랑하는 사람이 여러 사람 앞에서 망신당하는 모습을 어쩔 수 없이 지켜봐야 하는 것과 비슷한 느낌이랄까. 타인을 비난하려는 목적으로 해당 문장을 사용하는 사람은 책이나 글의 위대함을 살면서 단 한 번도 경험하지 못했음이 분명하다. 그래서 "책으로만 배웠구나?"라며 피식 웃는 사람의 얼굴을 마주하거나 혹은 스쳐 지나며 들을 때마다 꺼끌꺼끌한 불편함이 목을 조르는 것처럼 느껴지곤 한다.

좋은 책과 글은 가히 위대하다는 말이 아깝지 않다. 책이라는 물건은 한 사람의 삶과 생각의 정수이며, 더욱이 좋은 책은 그저 그런 생각이 아니라 훌륭한 생각의 진액이기 때문이다. 물론 비판적으로 책을 읽는 것이 매우 중요하고, 수준 이하의 책도 아주 많다. 하지만 대부분 책은 적어도 한 가지 이상의 배울 점이 반드시 있다.

한 권의 책으로 인생이 바뀐 사람들의 이야기를 우리는 이미 많이 들었다. 그래서 자기 분야에서 일가를 이룬 사람들을 인터뷰할 때 "당신의 인생에 영향을 미친 책은 무엇인가요?"라는 질문이 빠지지 않는다. 사람의 인생에 영향을 미치는 강력한 제3의 존재로 책만큼 많이 언급되는 것은 없다. 책은 선택의 갈림길에서 나침반 역할을 하기도 하고, 세상 이치에 대한 어떤 통찰을 주기도 한다. 고난을 헤쳐 나올 용기를 주기도 하고, 끝없이 가라앉을 것만 같은 우울함을 느낄 때 따뜻하게 도닥여 주는 친구가 되기도 한다. 스승을 찾기 힘든 시대라고 하지만 책은 여전히 스승의 역할을 하기도 한다.

더 나은 삶을 살기 위해 책을 통해 우리가 얻을 수 있는 것이 이렇게도 무궁무진하다. 역사상 가장 위대한 발명품으로 꼽힐 정도의 유산이 타인의 부족함을 공격히는 무기로 사용되는 모습을 지켜볼 때, 나는 너무도 슬프고 화가 나서 정말 무어라 말해야 좋을지 몰라 짧은 탄식 후 그저 가만히 입을 다물 수밖에 없게 된다.

화환을 보니 잘 살았구먼

"이야, 대단하네! 화환을 보니 잘 살았구먼. 국회의원 화환에 병원장, 검사장, 기업 대표들 화환까지 있는 걸 보니 생전에 어떻게 지내셨는지 훤하네. 가시는 길이 외롭지 않겠어."

나이를 한두 살 먹다 보니 결혼식장과 장례식장 등 애경사에 참여할 일이 많아진다. 그중 장례식장은 분위기가 조용하고 엄숙한 경우가 많아 주위의 대화 소리를 의도치 않게 듣게 될 때가 있다. 그렇게 장례식장에서 간혹 들려오는 고인에 관한 이야기 가운데 '외로움'에 대한 내용이 주제로 오를 때면 화환의 개수와 출처, 빈소를 지키는 가족들의 수와 방문객으로 인해 얼마나 인산인해를 이루는지 등이 고인 생전의 외로움을 측정하는 척도로 활용된다. 여기에는 한 가지 공통점이 있다. 바로 화환, 가족, 방문객의 '양'이다. 하지만 과연 화환이 얼마나 많이 전시되어 있는지, 빈소를 지키는 가족의 수가 얼마나 많은지, 방문객이 얼만큼인지와 같은 기준으로 고인 생전의 외로움을 측정할 수 있을까? 그것 사이에 대체 어떤 연관성이 존재하기에 고인의 영혼과 정신의 외로움과 풍요로움을 출입구에 걸려 있는 몇만 원짜리 근조화환의 개수로 쉽게 재단하고 마는 것인가.

빈소 입구의 근조화환을 가만히 바라보는 사람이 많을수록 고인은 외로운 사람이었으리라. 평상시 고인과 가까이 지내며 고인의 부고를 듣고 버선발로 뛰어온 사람이라면 근조화환 따위를 바라보고 있을 겨를이 없을 테니까. 벌렁거리는 심장을 진정시킬 새도 없이 고인의 죽음을 확인하려고 다급하게 뛰어 들어오는 이에게 근조화환이 대체 무엇이며 다른 방문객의 수를 헤아릴 정신이 어디 있겠는가. 고인과 직접 연을 맺지 않은 사람들, 혹은 가볍게 스쳐 지났던 인연들만이 찬찬히 식장을 둘러보는 관찰자가 될 수 있을 뿐이다.

장례라는 것이 온전히 돌아가신 분만을 위한 절차가 아님은 분명하다. 고인 가족들의 참담하고 허망한 마음을 달래 주기 위해 기꺼이 찾아온 사람들에 대한 감사함을 가볍게 여길 수는 없다. 다만 슬픔과 허망함이 가득한 장소에 와서 쇼핑하듯 음식이 어떻고, 화환이 초라하네, 빈소가 작네, 액자는 얼마짜리며 국화는 얼마짜리네 따위의 천박한 말을 내뱉는 일부 사람의 대화가 귀에 꽂히는 날이면 역한 마음에 토악질이 나오는 것을 겨우 참아 내느라 안 그래도 힘든 빈소 방문이 더 힘겹게 느껴진다.

물론 별생각 없이 내뱉는 일상적인 대화라는 것을 안다. 나 역시 이런 생각을 하기 전에는 무의식적으로 그런 식의 이야기를 뱉었을지 모를 일이다. 주무시다가 돌아가셨다니 호상이라는 둥, 그래도 병치레를 오래 하지 않고 돌아가셔서 다행이라는 둥 전혀 위로가 되지 않을 공허한 위로의 말들을….

가족을 잃은 슬픔을 누가 알 수 있을까. 모르는 것에는 입을 열지 않는 현명한 사람이 많아지면 좋겠다고 생각한다. 묵념을 국민의례에서만 떠올릴 줄 아는 빈천한 상상력에서 이제 탈출해야 한다. 슬픔을 위로하는 가장 좋은 방법은 침묵하는 것이다. 백 마디 말이 아무런 힘을 발휘하지 못하는 곳이 장례식장이다. 허공을 떠다니는 방문객들의 무의미한 질문과 색을 잃은 위로에 일일이 응답하기엔 유족들은 이미 지쳐 있다. 그저 손이나 한번 잡아 주고 어깨나 한번 두드려 주고 오면 될 일이다.

술만 안 마시면 참 괜찮은 사람인데

강이나 시냇가 주변을 산책하다 보면 단차가 있는 부근에서 물이 하얗게 부서지며 흐르는 장면을 볼 수 있다. 부서지는 지점의 물살이 하얗고 투명해 보여 깨끗해 보이는 착각을 일으킨다. 하지만 그 시점을 조금만 빗어나면 물은 다시 본래의 흐릿하고 탁한 모습으로 금세 되돌아간다.

대학 시절 술만 마시면 개가 되는 인간의 전형을 마주했다. 평소에는 깍듯이 예의 바른 후배 또는 인정 많은 선배의 모습으로, 그에 더해 수줍음 많은 동기의 모습으로 지내다가 술만 들어가면 적당한 선에서 조절하는 법 없이 기어코 만취할 때까지 마신 뒤 꼭 사고를 치고 다음 날 눈물을 흘리며 반성하는 모습을 바라보며 처음에는 안타까운 마음에 그 친구의 행동을 고쳐 주고자 그를 설득하려고 무던히도 애를 썼다.

그 친구의 주사는 참 다양했다. 자신과 의견이 다른 후배를 밤늦게 불러내 설교하기, 설교하다가 의견이 대립하면 폭력 행사하기, 의견 대립이 없어도 종종 기분에 따라 폭력 행사하기, 후배들을 불러 놓고 술값 계산하게 하기, 마주 앉은 사람들에게 무조건 원샷 강요하기, 술을 더 못 마시겠다고 하면 토하고 와서 마시게 하기, 심지어 술을 못 먹겠다는 여자 친구 입에 술병 밀어 넣기, 다른 사람 의견은 무조건 틀린 것으로 치부하기, 자신보다 나이가 한참 많은 후배에게 억울하면 대학 빨리 오지 그랬냐며 조롱하기…. 그리고 이 모든 것을 대학 시절 내내 반복하면서 다음 날이 되면 기억이 안 난다며 당사자들 찾아다니며 사과하기. 이 무슨 해괴한 일일까.

사람은 누구나 실수한다. 그리고 사람이라면 실수를 통해 깨닫는 것이 있다. 진정으로 깨달았다면 실수를 반복하지 않아야 한다. 한두 번이라면 실수라 생각하고 지나칠 수 있지만, 무려 4년 동안 같은 실수를 매일 같이 반복하는 사람을 경험한 덕분에 많은 생각을 할 수 있었다. 사람은 잘 변하지 않는다는 것. 웬만한 계기로는 변화시키기 힘들고, 똥물은 아무리 희석해도 똥물이라는 것이다.

재미있는 사실은 그 사람에 대해 '술만 안 마시면 괜찮은 사람'이라는 평이 따라다닌다는 것이다. 우리 민족이 술에 관대하다는 것은 다양한 범죄의 처분 결과를 지켜보며 익히 아는 사실이지만, 그것이 법의 영역이 아닌 지성인이라 불리는 대학생 사이에도 동일하게 적용되는 것을 지켜보며 통탄을 금할 수 없었다. 일단 늘 술을 마시고 다니는 사람에게 '술만 안 마시면'이라는 전제가 붙는 것이 이상했고, 설령 술을 안 마셨을 때 괜찮다고 한들 술을 마셨을 때 벌어지는 일련의 사건이 커버될 만큼 평상시 훌륭한 인품을 보여 주었는지도 의문이었다. 그저 순종적이고 말없이 배시시 웃고 다닌다고 해서 그 사람을 괜찮은 사람이라 평가할 수 있을까. 심지어 술이 들어가면 이와 반대되는 형태로 행동 양식이 변화되는 사람이라면 무엇이 그의 본성이고 본질이며 진짜 그의 모습이라 판단해야 하는 것일까.

스쳐 가는 찰나의 순간으로 한 사람의 인생을 판단할 수는 없지만, 반복되는 순간은 가끔 명확한 판단의 근거가 된다. 같은 실수를 반복하는 인간, 게다가 그 실수가 귀엽고 봐줄 만한 것이 아니라 그를 멀리해야 할 것 같은 명확한 신호를 주는 실수라면 서둘러 그 사람으로부터 도망쳐야 한다. 그것만 빼면 괜찮은 사람은 없다. 그것이 그 사람의 본질일 때가 오히려 많다. 결정적인 순간 그 사람의 '그것'이 언제고 튀어나올 준비를 하고 있을 테니 말이다. 행주는 아무리 빨아도 결국 행주일 수밖에 없고, 통물도 부서질 땐 찰나의 순간이지만 하얗게 보인다.

나도 너를 그렇게 키웠어

사랑하기에 서운하고, 서운하다 보니 밉고, 미워서 미안하고, 미안하지만 미워하지 않을 수 없는 시간들을 어찌할 바 모르고 보낸다.

- 『안 느끼한 산문집』, 강이슬

너무도 미운 사람들이 있었다. 안타깝게도 그 대상은 나의 부모였다. 철이 들기엔 아직 이른 나이였던 꼬마 시절부터 부모님은 나에게 조화롭지 못한 것이 억지로 함께하게 될 때 발생하는 불편함, 불협화음이 빚어내는 굉음, 결과에 의해 묵살되는 선한 의도와 과정들, 파괴된 우정과 도피성 체념, 자기 연민의 되새김, 가난에 딸려 오는 수모와 불편함 같은 것을 마음 깊은 곳에 쑤셔 넣었다. 그와 동시에 이상향을 추구하고자 하는 태도, 묵묵한 책임 의식, 자녀에 대한 신뢰, 독서를 통한 스트레스 승화, 고통에 대한 인내, 꾸준함과 도전정신, 타인을 긍휼히 여기는 마음, 사람을 좋아하는 성향, 베풀고 나누고자 하는 자세 같은 것들도 가르쳐 주었다.

글로 쓰고 보니 어떻게 이렇게 어울리지 않고 공존할 수 없을 것 같은 가치들을 동시에 전할 수 있었는지 의아하기도 하다. 하지만 사람만큼 앞뒤가 맞지 않는 존재가 없다는 것에 동의하기에 이런 아이러니가 완전히 이해되지 않는 것은 아니다. 원하고 원망한다는 에즈원의 노래 가사처럼 평생을 미워하고 미안해했다. 그런 양가감정은 어린 시절의 나에게 혼란을 가져다주었고 극단적인 성향을 만들어 냈다. 미안한 마음에 조용하고 얌전하게 자기 할 일을 알아서 잘하는 모범생의 모습을 보이다가도, 마음속 깊은 곳 어디쯤 위치한 미움과 원망이 뒤섞여 틀어진 부분을 기어코 건들고 마는 외부의 파장을 마주하면 전혀 다른 사람처럼 눈알이 돌아가기 일쑤였다.

자식을 낳아 키우다 보니 부모가 자식을 어떤 마음으로 바라보게 되는지 이제야 깨닫게 된다. 다른 어떤 것을 바라볼 때 결코 내비칠 수 없는, 무한한 사랑과 무한한 기대를 품은 그윽한 눈빛이 된다는 것을. 자식을 사랑하는 부모의 마음에 어찌 크고 작음이 있으랴. 주어진 가혹한 현실 앞에 사랑이 고개를 들이밀 시간이 부족했을 뿐이라는 사실을 깨닫는 데 참 오랜 시간이 필요했다. 아니 진작 머리로는 알고 있었을 테다. 다만 마음으로 그것을 받아들이기가 어려워 지금까지도 애쓰고 있다는 것이 더 정확한 표현일지 모르겠다.

머리로는 이해하면서도 마음으로 받아들이지 못하는 이유는 여전히 감정의 찌꺼기가 해소되지 못한 채 가슴속 깊은 곳에 엉겨 붙어 있기 때문이리라. 바로 그런 날이었다. 어느 날 문득 어머니와 함께 갓 두 돌이 된 아이의 사진을 바라보고 있었다. 말 없이 웃으며 사진을 넘기던 나를 바라보며 어머니는 지나가듯 한마디를 던졌다.

"이뻐 죽겠지? 나도 너를 그렇게 키웠다."

환경이 인간의 품성과 행동 양식을 좌우한다고 하지만 아직도 나는 어린 시절 부모님이 나에게 보여 주었던 삶의 그늘진 부분을 전부 이해할 수가 없다. 오랜 세월 반복되며 딱딱하게 굳고 찐득하게 눌어붙어 닦아 내려고 아무리 애를 써도 잘 닦이지 않는 갈등의 찌꺼기들은 허술하게 결합된 채 간신히 형태를 유지하고 있는 관계 속에 기어이 들러붙어 종종 존재감을 과시하곤 한다. 바로 그런 순간이었다. 내 안에 팽팽하게 당겨져 있던 인내심 비슷한 것이 툭 하고 끊어져 버리는 느낌, 서서히 술에 취하며 시야가 점점 좁아져 내 눈앞에 있는 것만 보이고 주변은 눈에 들어오지 않는 그런 상태. 그것을 우리는 발작이라고 부르는 것일까.

고되고 피곤한 화해의 시도와 안락하지만 불편한 회피와 외면 사이를 끊임없이 오가며 흘러가는 세월에 기대어 마음속 응어리가 녹아내리기만을 어제도 바랐고 오늘도 바란다. 녹고 굳기를 반복하는 양초가 제 모양을 점차 잃어 가며 무너져 내리는 모습을 상상한다. '나도 너를 그렇게 키웠다'는 스쳐 지나가는 한마디에 이렇게 쉽게 불붙고, 동시에 녹아내리는 가슴이 나는 그래서 두렵다.

내가 너한테 어떻게 했는데

매몰 비용: 의사 결정을 해 지출한 비용 중 회수할 수 없는 비용.

우리 머릿속에 떠오르는 생각이나 무의식적으로 행하는 행동을 지칭하는 용어가 존재한다는 것이 신기하기도 하면서 참으로 효율적이라는 생각이 들 때가 있다. '내가 그동안 해 놓은 게 있는데'라는 생각을 매몰 비용이라는 한 단어로 표현할 수 있다니, 참으로 적절하다는 생각과 함께 반가운 마음이 들어 이 단어를 자세히 들여다보지 않을 수가 없다.

대학에 다닐 당시 '장수생'이라는 단어가 있었다. 재수생, 삼수생을 넘어 사수생 이상부터 장수생이라는 타이틀을 달 수 있었다. 또는 수능을 본 횟수와 상관없이 직장생활이나 다른 활동을 하다가 늦은 나이에 대학에 입학한 사람에게도 '장수생'이라는 타이틀이 붙었다. 두 번째 사례에 해당하는 장수생들은 엄청난 매몰 비용을 감수하고 대학 입학이라는 선택을 과감하게 감행했으리라. 이전에 다니던 직장, 이전에 쌓아 온 스펙, 이전에 자신이 가지고 있던 것들을 포기하고 새로운 영역으로 나를 던지기 위해 회수할 수 없는 과거의 노력을 눈물을 머금은 채 놓아 버리고 만 것이다. 그래서 우리는 세상의 기준에서 늦은 나이라고 치부되는, 그 실체 없는 어느 나이쯤에 무언가를 새롭게 시작하려는 사람을 향해 지금껏 해 온 것이 아깝게 왜 그런 선택을 하느냐며 두 팔을 걷고 그의 새로운 도전을 뜯어말리곤 한다. 인생은 길고 하고 싶은 것을 하고 살아야 한다고 말하면서, 실제로 그런 결정을 하려는 타인을 보면 걱정할 준비부터 한다. 이런 걱정의 바탕에는 매몰 비용을 아깝게 생각하는 우리의 무의식이 작용하고 있다.

연애나 결혼에서도 이런 못난 생각 때문에 헤어짐의 순간에 스스로 바닥을 드러내고야 마는 추태를 보이기도 한다. 드라마에 나오는 지질한 남자들은 "내가 너한테 쓴 돈이 얼만데!"라며 자신이 그동안 정성스럽게 구축해 온 한 사람과의 관계를 오로지 재화로 치환해 버림과 동시에 상대방에게 자신을 천민자본주의의 끝판왕으로 기어코 각인시키고 만다. 비슷한 예로 원망스러운 자식에게 내뱉는 "내가 너를 어떻게 키웠는데!" 시리즈라던가 오랫동안 충성을 다해온 회사를 향해 성토하는 "내가 그동안 어떻게 살았는데!" 시리즈 등이 있다.

'매몰'이라는 단어의 의미를 들여다보면 무언가 쏟아지고 틀어 막혀서 나의 힘으로는 도무지 어찌할 수 없다는 듯한 뉘앙스를 품고 있다. 이 매몰 비용이라는 용어는 위에서 언급한 것처럼 "내가 이걸 어떻게!"라는 방식으로 표현되는 다양한 문장과 상황에서 영향력을 마음껏 발휘한다. 그런데 달리 생각해 보면 매몰 비용을 고민한다는 것은 변화를 추구한다는 것과 같다.

우리의 삶을 휘감고 있는 매몰 비용이라는 개념은 사실 그동안 열심히 살아왔음을 증명하는 증표인 셈이다. 그동안 내가 쏟아부었던 열정과 노력이 아까워 쉽사리 놓을 수 없는 어떤 무엇. 그간의 시간이 허망해질 것 같아 차마 등을 돌릴 수 없는 어떤 것. 다시는 그것을 마주할 용기가 나지 않을 것 같아 끝끝내 포기하지 못하는 것. 이런 것들이 매몰 비용이라면, 매몰 비용 때문에 새로운 선택을 망설이는 자신을 탓하기 전에 그간 열과 성을 다해 살아온 자신에게 손뼉을 먼저 쳐 주어야 옳다. 그래야만 그동안의 시간이 결코 낭비였다거나 실패였다는 열패감에 휩싸이지 않고 과감하게 결단할 용기를 끄집어낼 수 있다.

매몰 비용에 짓눌려 올바르다고 판단되는 새로운 선택지를 앞에 두고도 차마 선택하지 못하는 것은 자신의 삶을 그 자리에 주저앉히는 일이다. 매몰 비용에서 벗어나는 것은 용기가 필요한 일이며, 결단이 필요한 일이다. 지난 나의 선택을 번복하고, 그로 인한 결과에 책임져야 하는 진짜 어른의 행동인 셈이다. 아깝더라도, 후회하게 되더라도 매몰 비용에서 벗어날 수 있어야 우리 삶은 새로운 도약을 준비할 수 있다. 시작의 앞에는 언제나 끝이 있다.

그래도 그러면 안 되지

행복한 가정은 비슷한 이유로 행복하지만
불행한 가정은 저마다의 이유로 불행하다.

- 『안나 카레리나』, 레프 톨스토이

　가족, 이처럼 다양하고도 다층적인 이야기를 뿜어낼 수 있는 소재가 또 어디 있을까. '가족' 하면 행복을 떠올리는 사람이 있는가 하면, 눈을 질끈 감고 고개부터 절레절레 흔드는 사람도 있다. 『안나 카레리나』에 나오는 유명한 문장처럼 행복한 가정을 떠올리는 사람들에게 행복의 근원에 관해 묻는다면 마치 한집에서 자란 것처럼 비슷한 대답을 들을 수 있지만, 반대로 불행한 가정은 어찌 그토록 생각지도 못한 다양한 이유가 튀어나오는지 불행의 이유를 목격할 때마다 새롭고 미스터리하다.

　그저 사랑을 주고받으며 마음껏 행복을 누리기만 하면 되는 가족이라는 관계 속에서 왜 우리는 불행을, 때로는 끔찍한 고통을 느끼며 살아가야 하는가. 인간은 분명 환경의 영향을 받는 존재다. 처한 환경에 따라 개인의 생활양식과 사고방식, 인간관계나 세계관이 다르게 형성된다. 경제적 여건, 지리적 조건, 문화적 환경은 매우 다양하고 복잡하게 얽혀 인간에게 막대한 영향을 미친다. 산혹 환경을 극복해 내는 개천의 용이 존재하지만, 대부분은 용이 되어 승천하지 못하고 개천에서 태어나 개천에서 사라진다. 환경은 그만큼 강력해서 개인의 노력만으로 헤쳐 나가기가 무척이나 어렵다. 어려움을 주는 주변 환경이라는 것은 하나같이 극복하기 어렵지만 그중 최고를 꼽자면 단연코 가족이라는 환경이다.

〈왜 그래 풍상 씨〉라는 드라마가 있었다. 중장년층을 겨냥한 전형적인 한국형 막장 가족 드라마였는데, 등장하는 인물들을 가만히 바라보며 가족이란 무엇인지 다시 한번 생각하게 되었다. 풍상, 진상, 정상, 화상, 외상, 노양심, 유홍만, 한심란, 김미련 등 등장인물의 이름만 봐도 범상치 않다. 양심 없는 부모와 진상에 화상인 형제자매들은 차라리 없느니만 못한 가족의 전형을 적나라하게 보여 준다. 가족이란 의자의 다리와 같아서 하나가 제 역할을 하지 못하면 나머지 다리까지 흔들리는 법이다. 〈힐빌리의 노래〉나 〈길버트 그레이프〉 같은 영화를 보면 벗어날 수 없는 가족의 굴레에 갇혀 이러지도 저러지도 못한 채 선택의 순간마다 괴로움을 느끼며 고뇌하는 주인공의 모습을 볼 수 있다. '애증'이라는 감정이 어떤 방식으로 점차 쌓이며 단단해지는지 그 다층적인 감정의 근원을 살펴볼 수 있으며, 그런 경험이 없는 사람들에겐 불편함으로 비슷한 경험이 있는 사람들에겐 깊은 공감으로 다가온다.

영화나 드라마 등 인간의 삶을 다루는 예술 작품을 감상하다 보면 문득 감정이 요동치는 순간이 있다. 고통을 겪는 타인의 감정에 공감하고 그들이 불쌍해서이기도 하지만, 그보다 더 큰 이유는 작품 안에서 나를 발견하기 때문이다. 우리는 타인을 통해 나를 바라본다. 영화를 보다가, 책을 읽다가, 드라마를 보다가 문득 자신의 모습을 마주하게 된다. 마주하는 모습이 행복한 모습으로 다가온다면 좋겠지만 인생이란 그리 녹록지 않다. 이런 부류의 영화에는 공통점이 하나 있다. 내가 선택하지 못한 가족이고, 나를 힘들게 했던 가족이지만 그래도 가족은 가족이다. 그런 가족을 이제는 이해하고 사랑하려 한다는 교훈적인 결말로 마무리된다. 하지만 현실은 영화와 다를 수 있다. 그래서 조금은 다른 형태의 위로를 건네고 싶다.

애증의 가족 때문에 아직도 가슴에 꺼지지 않은 불을 끌어안고 사는 사람들은 이런 결말을 보면 죄책감을 느끼게 된다. 나는 아직 가족을 용서하지 못했는데 이런 마음을 품는 내가 나쁜 인간이란 말인가, 내가 입은 피해와 상처를 잘 알지도 못하면서 어떻게 가족이라는 이유 하나만으로 사랑해야 한다는 말인가. 도저히 용서할 수 없는 마음에서 비롯되는 분노와 증오를 어쩔 수 없이 자신에게 발산하며 스스로 갉아 내고 할퀴고 버티며 살아가는 무수한 이에게 그런 죄책감을 느끼지 않아도 괜찮다고 이야기해 주고 싶다.

  용서해야만 고통에서 벗어날 수 있다는 말, 용서는 결국 나를 구원하기 위해서 하는 행위라는 말을 이해할 수는 있지만, 진정을 담아 마음으로 용서를 건네는 일은 결코 쉬운 일이 아니다. 그래도 괜찮다. 꾸역꾸역 끌어안고 살다가 힘들어 더는 견딜 수 없는 순간이 온다면 내가 살기 위해서라도 용서하는 날이 언젠가는 오리라. 마음껏 사랑하라는 말처럼 마음껏 증오하라는 말도 죄책감을 느끼지 않고 동격으로 쓰일 수 있다면 좋겠다는 생각을 해 본다. 용서는 권할 수 있는 영역의 문제가 아니다. 오직 본인만 선택할 수 있는 아주 개인적인 영역의 문제. 맘껏 울고, 맘껏 미워한 다음 사랑을 이야기해도 절대 늦지 않다.

용서는 권할 수 있는 영역의 문제가 아니다.

오직 본인만 선택할 수 있는

아주 개인적인 영역의 문제다.

Chapter 2.

불편한 생각들

내가 왜 이 짓을 하고 있는지

"선생님, 저한테 보험 가입을 하지 않더라도 나중에 보험 가입하실 때 목과 다리 쪽 질환이 보장되는지 꼭 확인해 보세요. 교사들이 특히 성대나 다리 쪽 질환에 많이 걸리시거든요."

교사의 직업병 하면 흔히 성대결절이나 하지정맥류를 떠올린다. 종일 서서 목을 쓰기에 아무래도 높은 발생 빈도를 보이는 것이리라. 이런 종류의 질병도 힘들고 고통스러울 테지만 직업병이라는 것은 어느 직업에나 존재하는 것이고, 아직 경력이 얼마 되지 않은 탓인지 아니면 본디 목소리 톤이 높지 않은 탓인지 다행스레 아직 성대나 다리에 무리가 온 적이 없어 성대와 다리에 자주 찾아온다는 교사의 직업병에 대해서는 할 말이 없다. 교직 경력 10년 차. 학교라는 공간에서 생활하며 다양한 감정을 느낀다. 여러 종류의 긍정적, 부정적 감정을 느끼지만 아직 정년이 되지 않은 교사들이 퇴직을 결심할 정도로 교사를 가장 힘들게 하며 강력한 파동을 전달하는 감정이 있다. 바로 베푼 사랑이 조롱과 비난으로 되돌아올 때 느끼는 '배신감'과 '모멸감'이다.

선생만 있을 뿐 스승은 없다는 말을 쉽게들 한다. 옛날이 좋앉다며 수십 년 전 학창 시절을 미화하는 발언을 종종 듣는다. 체벌과 폭언, 촌지와 차별이 난무하던 시절의 교사를 떠올리며 저주하면서도 그때 오히려 참스승이 많았다고 말한다. 그런 이야기를 듣고 있노라면 이십 년 전 각 그랜저가 2024년의 그랜저보다 성능이 좋다는 소리와 별반 다르지 않게 들려 이게 정말 맞는 말인지 고개를 갸웃거리게 된다. 이상하지 않은가. 단순히 경험적 통계에만 의존해 생각해 보더라도 그 시절 교사의 폭언과 폭력으로 몸과 마음의 상처를 입었던 기억을 한둘쯤 가지고 있지 않은 사람이 얼마나 될까. 한데 어떻게 그 시절에 참스승이 많았다고 확신할 수 있는 것일까.

이십 년 전에는 학생이었기 때문에 학생 입장에서 교사를 바라보았다면, 현재는 교직에 몸담고 있는 교사 입장에서 교사를 바라본다. 이십 년이라는 시간을 건너 학생과 교사라는 입장 차이가 생긴 까닭이기도 하겠지만, 단순히 입장 차이를 넘어 인간적으로 본받고 싶을 만큼 열과 성을 다해 학생을 사랑으로 대하고 수업 개발을 위해 애쓰는 교사들을 넘쳐나게 목격한다. 이런 상황을 지켜보고 있노라면 이십 년, 삼십 년 전과 비교해 스승이 줄어들었다는 말에 선뜻 동의하기 어렵다. 나쁜 교사는 어디에나 존재했을 테고, 동시에 좋은 교사도 어디에나 존재했을 테다.

다만 인간은 체제에 종속되는 존재이다 보니 체벌이 용인되던 시절에는 사람의 본성과 관계없이 체벌을 가하는 교사의 비율이 아무래도 높을 수밖에 없다. 흡연이 용인되는 사회적 시스템에서는 길거리든 가게든 버스 안에서든 흡연한다. 동성애가 법적으로 금지된 국가보다 동성애를 허용하는 국가에서 동성애적 사랑이 더 표면으로 드러나기 쉬우며 사람들의 인식 또한 허용적으로 변한다. 일반적이며 보편적인 대중의 인식은 제도에 수렴할 수밖에 없다. 인간은 그래서 사회적 체제에 종속되는 존재다. 다시 한번 물어보고 싶다. 정말 지금보다 수십 년 전에 참된 스승이 많았을까? 매로 때리는 것은 오히려 정중하게 느껴질 정도로 뺨을 때리고 발로 차고 인격 모독과 부모 욕을 해도 아무런 처벌을 받지 않던 체제 아래의 교사들과 어린이들에게 사탕 하나 편지 하나 받는 것도 혹시 법에 저촉되는 건 아닌지 전전긍긍하며 스승의 날이 오히려 불편하고 두려운 요즘의 교사들 사이에는 어떤 차이가 존재할까? 제도와 규율이 엄격해져야 결과물이 좋아진다고 말하려는 것은 아니지만 악행이 최대한으로 발휘될 수 있는 느슨한 조건보다는 최소한의 제약이 의미 있는 정화를 가져올 수 있다고 믿는다.

　이처럼 사회적으로 교사에게 모멸감을 주는 듯한 발언을 듣고 있으면 내가 굳이 왜 이 직업을 선택해서 이런 소리를 들어야 하는지 고민에 빠지게 된다. 그런데도 교사들은 사명감을 가지고 자괴감을 이겨 내며 아이들을 바라보려고 애를 쓴다. 하지만 바로 이 지점에서 더 거대한 자괴감과 마주한다.

교사는 학생에게 여러 가지를 가르치는 사람이다. 가르침과 배움을 가장 효율적으로 작동시키기 위한 선제 조건은 관계 형성이다. 가르침의 효율을 높이기 위해서이기도 하지만, 교사는 천성적으로 혹은 후천적인 교육을 통해 아이들을 사랑하려는 마음을 가지고 있거나 가지려고 애쓸 확률이 높다. 하지만 건네는 마음에 비해 돌아오는 마음이 형편없을 때가 많다. 교과를 가르치기 위해서라는 목적을 넘어 교사는 다양한 상황에 마음을 써야 하므로 학생에게 인간적으로, 사랑으로 다가설 수밖에 없다. 마음이 되돌아올 것을 기대하고 선의를 건네는 것은 아니지만 간혹 아이들이 뱉어 내는 날카로운 말들은 사랑을 기본값으로 장착하고 있는 교사의 마음을 날카롭게 후벼 판다.

학생: 선생님~ 오늘 입은 옷 너무 멋져요.
교사: 그래? 고마워. 너도 오늘 머리 예쁘다.
학생: (들릴 듯 말 듯 한 소리로) ××, 칭찬해 주니까 좋다고

쪼개기는.

　교사: …?

　교사가 평소에 잘했으면 그런 말을 듣지 않았을 것 아니냐는
소리를 할 수도 있겠다. 하지만 정말 그럴까? 좋은 어른이 있고
나쁜 어른이 있듯, 좋은 아이가 있고 나쁜 아이가 있다. 이 배신
감은 생각보다 크게 다가온다. 성인 간의 관계라면 관계를 끊고
무시하거나 복수하려고 하겠지만 교사는 이런 아이들이 올바르
게 자라도록 교육해야 한다. 문제는 교육적 효과가 발현될 확률
이 매우 낮다는 데 있다. 잘 안 바뀐다는 소리다. 해마다 교실에
는 그런 아이들이 존재한다. 매년 반복될 것을 알면서도 교사이
기 때문에 사랑을 다시 되새긴다. 이런 아이들을 만나면 오히려
교사로서 도전 의식이 생기기도 한다. 옳지, 올해 나한테 큰 선
물이 왔구나. 내가 너를 올바른 길로 인도해 주리라. 간혹 크게
변하는 아이를 마주할 때면 본인의 노력과 변화한 아이 양쪽에
감동하기도 하겠지만 대부분 실패한다. 일 년 동안 교사 한 사람
이 학생 한 명을 바꾸는 일은 결코 쉬운 일이 아니다.

　바로 이 회의감을 동반한 배신감이 교사의 직업병이다. 성대
결절이나 하지정맥류는 교사들에게 많이 발생하는 질병이기는

하나 교사 전체가 걸리는 질병은 아니다. 하지만 이 배신감과 회의감은 거의 모든 교사가 교직 생활을 하는 동안 한 번쯤은 반드시 겪게 된다는 점에서 오히려 더 교사의 직업병에 가깝다고 할 수 있다. 밑 빠진 독에 물 붓는 심정, 이런 마음이 퇴직할 때까지 계속해서 따라올 공허함임을 어느 순간 깨닫게 된다. 그래서 교사는 그런 아이들을 마주할 때마다 '내가 왜 이 짓을 하고 있는지'라는 생각을 꽤 자주 하게 된다. 불편해서 가능한 한 피하고 싶은 생각이지만 스스로 불편하게 하는 이런 생각 때문에 괴로울 때가 많다.

그렇게 쳐다보지 마세요

우리는 다양한 고난과 마주한다. 살다 보면 수많은 외부 저항과 마주치게 되지만 차별과 핍박, 무시와 조롱, 비꼼과 경멸처럼 인간을 통해 전달되는 부정적 감정과 맞서야 하는 순간이면 특히나 더 큰 기분 나쁨이 찾아온다. 외부와 마찰이 발생할 때면 부정적인 감정은 스스로 커졌다 줄어들기를 반복하며 끊임없이 자신을 찍어 누르지만, 그것은 오기가 강하고 근성이 있는 사람에겐 차라리 약이 되기도 한다. 분노와 복수심은 때때로 강한 삶의 동력이 되기 때문이다. 하지만 오기가 강하고 근성이 있는 강력한 사람들조차 무너뜨리는 시련이 있다. 바로 '동정'이다. 동정은 가히 최악의 시련이다.

궂은일을 하는 사람을 쳐다보며 자기 자녀에게 "너 공부 안 하면 저렇게 된다"라는 말을 하는 부모는 자신도 모르는 사이에 강력한 동정과 치욕의 감정을 생산해 전달한다. 그 감정은 자녀와 그 일을 하는 사람 모두에게 고스란히 전달되어 감정의 새로운 파장을 만들어 낸다. 그런 말을 듣고 자란 자녀는 부모의 사고 메커니즘을 그대로 답습하며 인생을 오직 승리와 패배로 나누고 패배한 사람들에겐 치욕과 동정을, 자신보다 승리한 위치에 있다고 판단되는 사람들에겐 비굴과 굴종의 태도를 품는 것을 습관화한다. 설령 부모의 바람대로 승자의 위치에 올라선다 한들 인생을 이분법적으로 나누어 바라보는 태도를 갖게 되고 그것은 끊임없는 선민의식과 우월감으로, 때로는 노예 의식과 비참함으로 자신과 타인을 괴롭히는 삶을 살게 만들기 때문이다. 승자가 되었다년 그나마 다행이지만 부모의 바람과 달리 스스로 패자라고 설정한 성취 수준까지밖에 도달하지 못한다면 평생을 자괴감과 자기 연민의 늪에서 허우적거릴 것이 뻔하기 때문이다.

　그래서 인간을 가장 약하게 만드는 외부의 시련은 동정일 수밖에 없다. 나를 비난하는 상대방과는 전의를 불태우며 싸울 수 있다. 핍박과 멸시를 받았을 때는 힘을 키울 의지를 다지게 된다. 조롱과 비꼼 앞에서는 내가 기어이 저놈을 죽이고 말겠다는 강력한 복수심이 불타오른다. 하지만 동정은 다르다. 동정 앞에서는 아무것도 할 수가 없다. 동정은 일어날 힘을 앗아간다. 동정은 무기력의 늪으로 두 다리를 끌어당긴다. 동정은 인간을 살아 있는 시체로 만든다. 동정은 가장 강력하게 인간의 정신을 말살한다. 타인을 너무 쉽게 동정하는 것은 그래서 악한 행위다. 자존감을 깎아내리고 자립심을 앗아가 한 인간이 독립적으로 삶을 영위할 수 없게 만드는 것과 다름없기 때문이다.

더 최악인 것은 타인의 동정이 자기 연민으로 발전해 끊임없이 스스로 동정하게 될 때다. 내가 나를 동정할 때 인생은 한없이 미끄러져 내려간다. 삶에 불을 붙일 어떠한 동력도 살아나질 않는다. 지독한 가뭄으로 바짝 말라 버린 지푸라기는 차라리 태워 버릴 수 있어 괜찮다. 동정으로 어설프게 축축해져 버린 장작에는 아무리 불을 붙이려야 붙일 수가 없다. 자기연민은 위험하다. 끊임없이 자신을 가엾게 바라보게 만들고 끝 모를 피해의식을 낳아 삶을 내팽개치게 만들기 때문이다.

타인을 동정하지 말라, 그것은 정신적 살인 행위다. 자신을 동정하지 말라, 그것은 내 삶에서 선택할 수 있는 가장 어리석은 행위다.

아 몰라, 다 너 때문이야

친구 따라 강남 간다는 말. 우습고 한심한 일이지만 살다 보면 가끔 뭣도 모르고 우물쭈물하다가 주변에 휩쓸려 중요한 결정을 내리기도 한다. 고등학교 3학년 때 해군사관생도를 꿈꿨다. 1차 사관학교 자체 시험에는 합격했지만 신체싱의 이유로 임관 이후 보직 결정에 한계가 있을 수 있다는 사실을 2차 면접 때 면접관에게서 듣고 알게 되었는데, 그것은 이른 나이에 군에서 전역해야 함을 뜻했다. 해군 장교만 꿈꾸며 달려온 지난 3년 세월이 허망하고 허탈했다.

목표가 사라지니 공부를 해도 동기 부여가 되질 않았다. 그렇게 수능을 석 달 앞두고 급격히 떨어지는 텐션을 꾸역꾸역 붙잡아 두느라 고등학교 시절 막바지 공부가 특히 힘들었던 기억이 난다. 그렇게 자몽한 상태로 수능을 치른 뒤 대학 지원서를 써야 할 시기가 왔다. 서울대를 입학할 정도의 성적이 나왔더라면 아무 학과나 지원했을지 모르겠지만 아쉽게도 그 정도 성적은 나오지 않았고, 가정 형편상 사립대는 고려 대상이 아니었다. 잘 항해하던 바다에서 갑작스러운 폭풍우를 만나 나침반을 잃어버린 뱃사람이라도 된 것처럼 당시의 나는 어디로 가야 할지 목표도 이유도 찾지 못한 채 표류했다. 결국 고등학교 동창들이 가장 많이 지원했던 지방 국립대에 어영부영 숟가락을 얹었고, 서울 소재 대학 두 곳에는 지원서를 써 놓고 면접에 가지 않았다.

이렇게 자신의 의지가 반영되지 않은 선택을 하는 이유는 자기 확신이 부족하기 때문이다. 목표가 명확할 때 강력하게 동기부여가 되고 그것은 곧 자기 확신으로 이어진다. 확신을 가지고 밀어붙일 때 선택의 주체가 될 수 있으며, 그런 순간이야말로 인간이 명확한 자유를 느낄 수 있는 지점이다. 친구 따라 강남 가는 일이 벌어지는 이유는 자유로워지고 싶지 않은 의존적 인간성의 발현 때문이다. 우리는 언제나 자유를 갈망하면서 한편으로는 왜 자유로워지고 싶지 않은 것인가.

자유는 무겁기 때문이다. 1+1 상품도 아니면서 자유에는 반드시 책임이라는 달갑지 않은 서비스 품목이 딸려 온다. 권리만 누리고 책임은 지고 싶지 않다는 것은 비겁한 태도다. 역할이 존재한다는 것은 그 역할이 수행해야 하는 일이 존재한다는 뜻이다. 수행해야 하는 일을 수행해 내는 것은 맡겨진 역할에 책임을 지는 것이고, 책임을 져야 하는 이유는 그 역할을 우리가 자유롭게 선택했기 때문이다. 누가 강요한 것도 아닌데 본인이 선택해 놓고 그 선택에 따라오는 책임을 지지 않으려 하는 태도를 보이는 이유는 자신의 선택에 깊이 고민하지 않았기 때문이다.

부모란 어떤 역할을 해야 하는 사람이며, 그 역할에는 어떤 책임이 따라오는가. 의사가 히포크라테스 선서를 하고 간호사가 나이팅게일 선서를 하는 이유는 무엇이며, 나라의 고위 공직자들이 임명장을 받을 때 각종 선서를 하는 이유는 무엇인가. 이러한 의식들은 아무런 의미 없이 치러지는 것이 아니다. 자신에게 맡겨진 역할을 다시 한번 자각하고, 그에 따라오는 무거운 책임을 기꺼이 짊어지겠다고 다짐하기 위해 진행되는 경건한 의식의 시간이다. 선택을 타인에게 미루는 것은 마음 편한 일이다. 많은 고민이 필요하지 않고 잘못되었을 때 발을 빼기 쉽기 때문이다. 이는 비겁하다. 판단에서 도피하는 것이기 때문이다.

우리는 매일 판단하고 선택하며 살아간다. 이는 매일 자유로운 동시에 매일 책임을 져야 함을 뜻한다. 정도와 범위의 차이는 있겠지만 우리는 평생 책임을 벗어날 수 없다. '왕관을 쓰려는 자 그 무게를 견디라'라는 말은 거창하긴 하지만 딱히 부정할 수 없는 말이기도 하다. 사람의 됨됨이를 판단할 때 책임감을 가장 먼저 떠올리는 사람이 많은 이유는 그것이 많은 것을 보증하기 때문이다. 어깨에 짊어진 책임의 무게만큼 사람은 성장한다. 책임지지 않는 삶, 그것은 자유의 탈을 쓴 도피에 불과하다. 도망치는 곳에 낙원은 없다는 말처럼 도망치기만 해서는 성장할 수도, 진정으로 자유로워질 수도 없다. 친구 따라 강남 가는 일은 어린 시절에나 통용되는 귀여운 일탈 정도로 끝내야 한다. 삶의 무게를 나 대신 짊어질 사람은 어디에도 없다.

모든 것이 평등할 수 있을까?

"선생님, 우리 반은 왜 안 해요?"

학급 담임을 한 번이라도 경험해 본 교사라면 이 발언이 내포하는 공격성과 그로 인해 빌생하는 피로감, 그리고 본인의 학급 경영 철학에 대해 밀려오는 회의감을 느껴 본 적 있으리라. 모든 사람이 같은 생각을 하는 것을 상상할 수 없듯이 학급을 꾸려 가는 교사 역시 각자의 개성을 가진 존재이기에 각 학급은 분위기나 학급 프로그램, 수업 진행 방식이 다를 수밖에 없고 그런 다양성을 양분 삼아 아이들은 성장한다.

같은 교과, 같은 단원, 같은 주제를 두고도 교사에 따라 수업 방식은 강의식, 토론식, 팀 티칭, 모둠별 운영 등 다양하게 달라지며, 자유롭게 사용할 수 있는 예산을 준다면 담임 교사가 중요하게 여기는 가치 혹은 우리 반 학생에게 필요하다고 여기는 것에 따라 각자 다르게 예산을 활용한다. 강의식 수업이라고 무조건 구시대적인 방식이 아니며 토론식 수업이라고 아이들의 상호 작용이 늘 활발히 촉발되는 것도 아니다. 어떤 교사는 아이들의 예체능 경험에 힘을 쏟을 수도 있고, 어떤 교사는 아이들의 외부

체험에 힘을 주는 학급을 경영하고자 마음먹을 수도 있다. 학생들의 생일파티나 소소한 선물을 챙기는 것이 중요하다고 생각하는 교사도 있고, 차라리 그 돈으로 책을 사서 아이들의 마음에 울림을 주고자 노력하는 교사도 있다. 주어진 예산은 한정적이고 운영하는 사람의 관점에 따라 어떤 부분에는 조금 더 투입되고 어떤 부분에는 조금 덜 투입이 되기도 한다. 모든 것이 똑같은 학교나 학급은 존재할 수 없다. 사람이 하는 일이고 한정적인 자원을 나누는 일이기에 그렇다. 학교에서 일하고 있기에 학급을 예로 들었지만, 평등이라는 탈을 쓴 불만의 소리는 우리의 삶 곳곳에서도 터져 나온다. 무조건적인 평등이 갖는 위험성에 대해 잠시 생각해 보기 위해 이야기 하나를 소개한다.

미국의 한 대학에서 학생들을 가르치던 경제학 교수가 있었다. 그는 평소 학점이 후한 것으로 유명했는데, 어느 학기에는 학생들과 평등에 관해 논의하던 중 수강생 전원이 F를 받는 사태가 발생한다. 사건의 전말은 이러했다. 교수는 경제학 교수답게 지나친 복지 정책에 대해 신중히 해야 한다고 이야기했는데 몇몇 학생이 교수의 생각이 틀렸다며 반박했다. 교수는 누구의 주장이 옳은지 알아보기 위해 이번 학기 동안 몇 차례 시험을 치른 후 시험마다 수강생 전원의 평균 점수를 내어 모든 수강생에게 그 평균 점수를 똑같이 주겠다고 제안했다. 시험을 치르면 치를수록 열심히 노력하거나 능력이 뛰어난 학생들은 불만을 느끼기 시작했다. 열심히 하지 않거나 능력이 부족한 학생들과 같은 점수를 받는 것이 불합리하다는 생각이 들었기 때문이다. 결국 학기 말에 이르자 열심히 하던 학생들도 더는 공부하지 않았고 전체 학생이 F 학점을 받게 되었다는 것이 이 이야기의 결말이다.

그렇다면 처음부터 열심히 하지 않던 혹은 능력이 부족해서 열심히 하더라도 성적이 나오지 않던 학생들은 결과에 만족했을까? 애석하게도 이들 역시 F 학점에 불만을 품고 학기를 마무리했다. 처음에는 성적이 잘 나오는 친구들 덕분에 그럭저럭 B나 C 정도로 만족했지만, 후반부로 갈수록 성적이 잘 나오는 친구들조차 포기하는 것을 보고 '나는 능력이 부족해서 점수가 안 나오지만, 너희는 잘할 수 있으면서 왜 열심히 하지 않아 평균 점수를 내려가게 만드느냐'라며 불만을 토로한 것이다. 교수는 이것이 자본주의의 본성이며 무조건적인 복지제도의 한계라는 점을 지적했다. 보상이 있는 곳에 노력과 성과가 따르며 무상복지의 결과는 퇴행과 후퇴만을 낳는다는 것이다.

여러 변수를 고려하지 않은 극단적인 실험 상황이기도 하고,

교수의 말이 옳지 않을 수도 있다. 마이클 샌델 교수는 그의 저서 『정의란 무엇인가』에서 우리는 어떤 상태로 태어날지 모르고 언제든 약자가 될 수 있기 때문에 반드시 복지라는 보험을 세팅해 두어야 하며, 그것이 국가가 해야 할 의무라고 이야기한다. 부자보다 빈자가 필연적으로 많을 수밖에 없는 자본주의의 구조상 마이클 샌델 교수의 이런 주장이 정의라는 타이틀을 가져가는 것은 어찌 보면 당연한 듯 보인다. 하지만 부유한 사람들이나 성취를 통해 나아가려는 사람들에게 때때로 지나친 복지와 과세는 앞으로 나아가는 동력을 빼앗는 일이 되기도 한다.

분명한 것은 모든 것이 동등해진다면 더 큰 가치와 의미를 갖는 것은 아무것도 없게 된다는 점이다. 사람은 누구나 가치 있는 것, 의미 있는 것을 성취하고자 할 때 뛰게 된다. 가만히 있어도 입에 밥을 넣어 주는 세상, 더 이상 의미를 찾기 힘든 세상에서 앞으로 나아가기란 불가능한 일이 아닐까. 샌델 교수 역시 여러 가지 정의를 나열하면서도 결국에는 '이것이 정의다!'라고 명확하게 말하지 않고 독자에게 선택권을 넘겨주었듯, 관점에 따라 각자의 정의는 달라진다. 그래서 책 제목도 '정의란 무엇이냐'고 묻고 있지 않은가. 세계적 석학도 답을 찾지 못하고 끊임없이 질문을 던지는 것을 보면 어쩌면 삶이란 끊임없는 질문에 대해 자신만의 답을 찾아가는 과정이라는 말이 정답인 것 같기도 하다. "나는 생각한다. 고로 존재한다"라는 데카르트의 말은 인생에는 답이 없으니 끊임없이 생각하며 자신의 존재를 확립해 가야 한다는 처절한 다짐이 아니었을까.

괜찮다는 말로 정말 괜찮아질까?

"자존심 좀 부리지 마."
"자존감이 높구나."

일상에서 많이 쓰이는 두 표현을 보면 자존심과 자존감 사이의 거리감을 느낄 수 있다. 자존심과 자존감은 많은 것을 포기하며 살아가는 21세기 청춘들의 뜨거운 감자다. 성취의 가능성이 다방면으로 좁아지고, 그렇기에 필연적으로 달콤한 성공 경험을 맛보기가 점점 더 어려운 현실 속에서 자존감을 회복하기 위한 청년들의 필사적인 노력이 눈물겹다.

일찍이 이를 눈치챈 매체는 이를 이용한 돈벌이에 혈안이 되어 있다. 낮은 자존감을 가진 사람들에게 설탕이 듬뿍 발린 달콤한 이야기를 하며 모든 것이 괜찮다고 그대로 있으라고 한다. 하지만 그대로 머물러 있는 사람에게 진정한 평화가 찾아올까? 마냥 괜찮다는 타인의 위로로 존재하지 않던 자존감이 갑자기 생겨날까? 매체의 최상위에서 방송 송출의 결정권을 가진 사람은 정말로 대중에게 괜찮다는 위로의 말을 전하고 싶어서 그런 방송을 그렇게나 많이 편성하는 것일까? 선의의 마음이 아예 없다고는 할 수 없겠지만 그보다는 시청률이 잘 나오고, 그것이 실패하지 않는 장사라는 계산이 서기에 나왔던 결정은 아니었을까? 사업을 꾸려 가는 리더는 딸린 식구들을 위해 수익성을 최우선으로 생각하지 않을 수 없기에 그런 결정을 내릴 수밖에 없는 것은 아닐까? 힐링과 위로는 현대인에게 잘 먹히는 사업 아이템이다. 우리는 책과 강의 등 매체에서 쏟아지는 사탕발림에 넘어가고 있다. 거짓된 평온의 파란 약을 골라 먹는 것과 같다. 지금 이대로도 좋다는 안분지족의 삶은 욕망을 이룰 수 없는 상황, 즉 신분의 제약이 있고 유배지에서 평생을 보내게 되어 도무지 앞이 보이지 않는 양반들의 입에서나 나올법한 미봉책에 불과하다. 이런 마음가짐으로는 결코 자존감을 세울 수 없다.

자존감은 스스로 귀하고 존엄하게 생각하는 마음이다. 그렇다면 존엄이란 무엇이며 언제 지킬 수 있는가. 존엄이란 스스로 설정한 수준에 부합하는 삶에 도달했을 때 성취할 수 있다. 스스로 설정한 삶에 도달하지 못했을 때 존엄을 지키지 못한 인간은 자존감을 형성하지 못하고 자존심만 남은 사람이 된다. 다시 말해 '내가 이 정도는 되는 사람이다'라는 생각과 일치하는 삶을 살아 냈을 때 그 사람에게서 존엄한 아우라가 풍겨 나오고, 스스로 '내가 이 정도는 되는 사람이다'라고 생각하지만 현실이

거기에 미치지 못할 때는 용이 되지 못한 이무기처럼 자존심은 존엄으로 승격하지 못하고 자존심으로만 남게 된다. 그렇다면 결국 존엄이나 자존감은 스스로 설정한 레벨에 도달할 때 획득할 수 있고, 그것은 스스로 설정한 어느 지점을 자신의 노력으로 성취해 낼 때 싹 틔울 수 있는 것이라는 결론에 도달하게 된다.

나의 노력이 나를 감동하게 할 수 있을 때에서야 최선을 다했다고 말할 수 있다. - 조정래

땅끝에 닿아본 사람만이 지도를 그려 낼 수 있듯 한계치에 닿아본 사람만이 스스로의 역량을 파악할 수 있다. - 김이나

산의 정상까지 올라가 본 사람만이 산 전체를 돌아볼 수 있다. 여기서 산의 정상이란 성취를 의미하기도 하지만 성취를 향해 달려 본 경험 그 자체를 뜻하기도 한다. 성공한 사람들의 인생을 들여다보면 처음부터 그 분야를 선택해 단 한 번의 고난도 겪지 않고 커다란 성취를 이루어 낸 경우는 그리 많지 않다. 처음에는 그 길과 다른 길을 걷다가 뜻하지 않은 불운을 마주하며 고난을 겪고, 좌절하더라도 결국 새로운 길을 찾아 다시금 에너지를 쏟아부어 자신의 길을 만들어 낸다. 배우 키아누 리브스는 어린 시절 아이스하키 선수를 하다가 부상으로 인해 운동을 접고 연기의 길로 들어섰으며, 톰 크루즈 역시 미식축구 선수를 하다가 동일한 과정을 거쳐 배우가 된다. 끝까지 달려 본 사람은 종목이 바뀌어도 언제든 다시 뛸 준비가 되어 있다.

중요한 것은 외부의 시선이나 타인의 기대를 충족시키는 것이 아니라 내가 스스로 세운 기준을 성취해 본 적 있느냐는 것이다. 교육학에서는 아이들이 어릴 때 작은 성취의 경험을 자주 가질 수 있도록 지원하는 것이 아동교육에 있어 가장 중요한 부분이라고 힘주어 이야기한다. 이는 향후 아이가 삶을 살아가며 다방면에서 맞닥뜨리게 될 여러 가지 위기 상황을 이겨 낼 자존감, 회복탄력성과 연결되기 때문이다. 자존감과 회복탄력성이 있는 아이는 반드시 자기 주도적인 삶을 살아갈 수 있으며 이는 개인의 행복한 삶을 위한 가장 기본이 되는 작업이기에 유치원이나 초등학교에서는 아이들에게 다양한 기회를 주며 스스로 주인공이 되는 경험을 심어 주고자 노력한다.

스스로 귀하게 여기고 자기 삶에 만족감을 느끼며 살아가도록 돕는 도구와도 같은 이 자존감은 결국 성취를 통해 만들어 내야 한다. 무기력한 사람들에게 당장 헬스장에 가서 러닝머신을 뛰고 오라고 처방하는 것도 같은 맥락이라 할 수 있다. 오늘 하루는 또 무엇을 해내며 살 것인가. 스스로 설정한 목표를 성취해내는 오늘 하루가 자존감의 문을 여는 유일한 열쇠다.

예쁘고 잘생긴 게 착한 것이라는 생각

외모가 뛰어난 사람이 구설에 오를 때면 '그렇게 안 생긴 사람이 왜 그랬을까'라며 그의 외모가 도덕적 판단의 기준이 된다. 반대로 외모가 출중하지 못한 사람이 도덕적으로 지탄받을 행위를 저질렀을 때도 '관상은 과학이다' 혹은 '딱 그렇게 생겼다' 같은 말과 함께 그의 외모가 도덕적 판단의 기준이 된다. 그런데 옳고 그른 것, 즉 선과 악의 판단 기준이 왜 '미'가 되는 것일까. 다시 말해 선한 것은 선한 것이고 악한 것은 악한 것일 뿐인데 왜 아름다운 것은 선한 것이고 추한 것은 악한 것이라는 전제가 깔리는 것일까. 철학은 이런 사고 구조의 이유를 찾기 위해 플라톤으로 거슬러 올라간다.

플라톤 하면 대표적으로 떠오르는 몇 가지 단어가 있다. 동굴의 비유, 선의 이데아, 진선미 등이다. 정확히 이해하고 있는지는 모르겠으나 나름대로 해석해 보자면 동굴 비유는 사실 이상은 따로 있고 우리는 이상의 그림자, 즉 허상만을 바라보고 살아간다는 것이며, 플라톤은 그 이상을 '이데아' 또는 '선'이라고 칭한다. 무수한 이데아와 선 가운데서도 최고가 되는 절대적인 선이 존재하는데, 그것이 바로 모든 것의 근원이 되는 '절대

선'이며 플라톤은 이 절대 선의 종류로 '진, 선, 미'를 주장한다.

플라톤의 이러한 사상은 당시 메트로폴리스라 불리는 거대 국가의 통치 이념으로 채택되었으며 이에 따라 그는 강력한 권위와 명예를 확장할 수 있었다. 플라톤의 사상은 후대에 계승되어 내려오면서 여러 인물에 의해 각색되어 필요에 따라 다양하게 적용되었다. 모든 것은 이미 결정되어 있다는 결정론적 사고관이나, 옳고 그른 것이 존재한다는 이분법적 사고, 그리고 이상과 절대적인 존재라는 개념을 인격화시켜 신이라는 존재를 만들어 통치의 도구로 활용하고자 했던 종교에 이르기까지 플라톤의 사상은 세상에 다양하고 강력하게 영향을 끼치며 지금까지도 우리 삶 깊이 관여하고 있다.

앞서 이야기한 도덕 판단의 기준에 '미'가 애매하게 섞여 들어가는 이유는 플라톤이 진, 선, 미를 이야기하며 선을 기준 삼아 진과 미를 통합했기 때문이다. 무슨 말인가 하면 선한 것은 진리이고 아름답다는 개념을 사용한 것이다. 역으로 진리와 아름다운 것은 선이라는 개념 또한 성립한다. 이러한 개념이 이천년 세월이 흐른 지금까지도 우리의 사고방식을 지배하고 있다는 점을 생각하면 한 사람의 사상과 철학이 이토록 강력하게 인류에게 영향을 끼칠 수 있다는 사실이 새삼 놀라우면서 한편으로는 두렵다는 생각마저 든다.

참과 거짓, 선과 악, 미와 추는 각각 분리해서 보아야 세상을 조금 더 정확하게 바라볼 수 있다. 물론 그것들의 경계가 어디서부터 어디까지인지 구분하기가 어렵고 진선미가 서로 미묘하세 섞여서 작동하는 세상살이의 메커니즘을 부정할 수는 없다. 그러나 의도를 가지고 진, 선, 미를 섞어서 사용해 악한 것을 선한 것으로, 거짓을 참된 것으로 속여 이득을 취하고자 하는 사람이나 집단을 조심할 필요는 있다.

미남 미녀 정치인, 서울대 출신 연예인, 패륜을 저지른 학자, 착한 기업, 아름다운 소비자, 참된 일꾼 등의 단어를 살펴보자. 정치하는 데 미남이면 어떻고 추남이면 어떠한가. 교육부에서 발행한 초등학교 6학년 사회 교과서에는 갈등이나 대립을 조정하고 많은 사람에게 영향을 끼치는 공동의 문제를 해결해 가는 활동을 정치라고 정의한다. 이러한 정치적 행위를 수행하는 정치인에게 굳이 미남 미녀라는 타이틀을 붙이는 이유는 무엇인가. 우리의 무의식 속에 아름다운 것은 곧 선한 것이라는 플라톤적 세계관을 건드려 이 정치인은 아름답기에 선하고, 선한 것은 옳다는 이미지를 각인시키려는 것이다. 서울대 출신 연예인은 도대체 무슨 쓸모가 있다는 말인가. 연예인은 대중에게 즐거움과 기쁨을 주기 위해 존재한다. 존재의 당위와 전혀 매치되지 않는 서울대라는 수식어는 철저히 계산되고 의도적인 수사에 불과하다. 패륜을 저지른 학자 같은 경우도 마찬가지다. 학자는 본디 '진'의 영역에 해당하는 일을 하는 사람임에도 불구하고 패륜을 저질렀다는 사실, 혹은 그와 유사한 어떤 도덕적 결함이 발견되는 즉시, 다시 말해 '선'의 영역에서 선하지 못하다는 판결을 받는 즉시 학자로서 그의 명성과 그간 이루어 온 업적은 모두 무용의 것이 되어 버린다. 그 외에 착한 기업이나 아름다운 소비자, 참된 일꾼 등의 단어도 마찬가지다. 철저한 이윤 추구를 목적으로 움직이는 기업이라는 조직에서 착하다는 이미지를 굳이 가져가려고 노력하는 이유는 착한 것은 선한 것이고 선한 것은 참된 것, 즉 우리 기업은 올바른 기업이고 다른 기업은 그렇지 않다는 이분법적 사고와 그로 인해 다른 기업보다 우위에 서고자 하는 욕망에서 발현된 마케팅 수단에 불과하다.

이런 모든 표현은 철저하게 자본주의적이기 때문에 발생한다. 어떠한 이득을 목적으로 활용되기 때문이다. 자본주의는 이처럼 플라톤을 영리하게 활용하고 있다. 게다가 우리나라는 특히 사회 각 영역에서 높은 도덕성을 요구한다. 선진 사회로 발전할수록 기능적인 측면을 넘어서서 다양한 것을 추구해야 하며, 도덕성이 그 여러 덕목 중 하나로 자리를 차지해야 한다는 데는 이의가 없다. 다만 앞에서도 이야기했듯이 의도를 가지고 우리 눈을 현혹하려는 대상에 대해서만큼은 속지 않으려는 자세가 필요하다.

하지만 다시 생각해 보면 그것을 과연 나쁘다고만 할 수 있을까? '현재를 살라'는 말이 있다. 철학도 기술도 언제나 현재와 맞물려 작동할 때 의미가 있다. 아무리 대단한 기술도 세월이 조금만 지나면 구시대의 산물로 여겨지고 철학적 사상 역시 시대적 흐름이 달라지면 흘러간 옛 생각으로 치부된다. 현재 지구의 대부분 나라에서 채택한 민주주의라는 정치 제도와 자본주의라는 경제 제도 속에 살아가고 있으면서 자본주의적 스킬이 나쁘다고 외치는 것은 과연 선한 일인가. 제도의 혜택을 받으면서 제도를 비난하는 일은 과연 선한 일인가. 게다가 인간이 진, 선, 미를 명확히 구분 지어 인식하고 판단하는 것이 과연 가능한 일인지 의문이 든다.

인간이란 본디 인식의 한계가 존재한다. 인식을 바탕으로 사고하고 행동한다. 아무리 육감이라는 보이지 않는 감각이 존재하고 실존하지 않는 것을 생각할 수 있는 추상적인 사고력이 발달했다고 한들, 끝내는 인식으로 그것을 증명하고 확인해야 안심할 수 있는 것이 인간이다. 그런 의미에서 참과 거짓, 선과 악, 미와 추 가운데 가장 인간의 인식에 쉽게 닿아 있는 것은 어쩌면 미와 추가 아닐까 싶다. 그래서 우리는 아름다운 것과 추한 것에 쉽게 현혹되고 그것을 곧 선한 것이며 참된 것, 악한 것이자 거짓된 것으로 판단하는 것은 아닐까. 언제나 어려운 것보다는 쉬운 것이 보편성을 획득하기 쉽기 때문이다.

중간만 하자고?

"중간만 하자~~~"

이것은 우리의 안온한 삶을 지키고 유지해 줄 보호막이자 울타리이며 나를 걱정하는 사람의 진심 어린 조언일 테다. 혹은 누군가의 넘치는 역량을 마주할 용기가 없는 평범한 다수의 강력한 저항일 수도 있다. 그런데 살다 보면 그런 생각을 할 때가 있다. 인생에 중간이라는 것이 과연 존재하는가?

인생은 결국 선택의 집합체이며, 선택이라는 말 자체에 중간이라는 가능성은 이미 사라지고 없다. 이렇게 무한히 연속되는 선택의 결과가 현재 나의 인생인데 대체 중간이 발 디딜 틈이 어디에 있다는 말일까. 게다가 그것이 어렵고, 거의 불가능에 가깝다는 것을 알면서도 대체 왜 우리는 매번 중간을 외치며 살아가는 것일까?

현실의 삶에서 나의 색깔을 드러내는 것은 매우 위험하고 귀찮아지는 일이기 때문은 아닐까. 이 '아닐까'라는 표현조차 나와 다른 생각이 두렵고, 적을 만들고 싶지 않으며, 공격받고 싶지 않다는 방어적인 생각이 내재한 표현은 아닐까? 무엇이 그리도 위험하고 귀찮아지는지 일일이 열거할 필요도 없다. 회식 메뉴를 정하는 것만 해도 나의 선택을 포기하고 타인에게 선택의 권리를 이양하는 것이 얼마나 많은 문제 상황을 예방해 주는지 대한민국의 직장인이라면 이미 알고 있다. 현실을 살아가는 생활인으로서 중간만큼 편하고 안락한 선택지는 없다. 연예인들은 정치에 입문하려는 것이 아니라면 가능한 정치색을 드러내지 않으려 한다. 인기가 곧 자본인 연예인이 자신의 정치색을 드러낸다는 것은 절반의 팬을 잃을지도 모를 위험한 도박인 셈이기 때문이다. 모난 돌이 정 맞는 대한민국에서 이는 어쩌면 가장 확실하고 안전한 방어법이 될 수도 있다. 튀지 않고 무난한 것이 미덕인 문화, 사회 전반에 걸쳐 상하 위계질서가 명확하게 설계되어 짜임새 있게 작동하는 사회구조, 높임 표현이라는 언어적 구조에서 발생하는 무의식적 상명하복의 내면화, 이러한 여러 가지 요인이 복합적으로 작용하며 우리는 몰개성을 추구한다.

하지만 중간이라는 선택지가 때로는 비겁한 선택일 수 있으며 "결국 아무도 내 옆에 남지 않겠구나!"라는 두려움을 느낄 때가 있다. 모두의 사랑을 받고 싶고 누구에게도 미움받고 싶지 않은데 결국 누구의 사랑도 얻을 수 없게 되는 경험, 모두의 친구는 누구의 친구도 될 수 없다는 말을 누가 했는지 모르겠으나 깊이 공감된다. 중도라는 단어는 얼핏 듣기에 온화하고 평온하며 심지어 이성적인 것처럼 보이기까지 한다. 하지만 그처럼 매력 없고 몰개성적인 말도 없다. 철저한 자기반성과 내적 성찰이 없기에 중도자로 남게 된 것은 아닌가. 그리하여 중도자는 결국 콘셉트도, 개성도, 신념도 잃어버리는 비극적 결말을 맞이하는 것은 아닌가. 나를 포함해 대부분의 평범한 사람들이 선택하는 중도자라는 포지션은 안락한 삶을 약속할지 몰라도 앞으로 한 발 내딛는 영광과 단독자로서 누릴 수 있는 기쁨은 영영 알아챌 수 없을 것 같다.

나잇값도 못 하고

"나잇값 좀 해라. 나잇값도 못 하고…."

살다 보면 수많은 선택의 갈림길에서 나이라는 장벽에 부딪혀 선택을 유예하거나 외면하는 방향으로 인생의 항로를 결정할 때가 많다. 한데 이 나잇값이라는 것은 기준이 모호하고 상대적인 측면이 강해 사실 실존하지 않는 것이나 다름없음에도 불구하고 우리는 그것을 실존하는 장벽 이상으로 뛰어넘기 힘들어한다.

나이와 나잇값은 상대적이다. 사십은 불혹이요 오십은 지천 명이라는 공자님의 말씀 덕분인지 우리는 중장년층이 되면 불혹과 지천명이라는 호칭에 걸맞게 몸과 마음가짐을 정돈하며 살아야 할 것 같은 느낌에 속박된다. 세상일에 흔들리지 않는 것이 사십이고 하늘의 이치를 깨닫는 것이 오십의 나이라는데 정말 그렇다고 자신 있게 말할 수 있는 사십 대와 오십 대가 있다면 그들은 가히 예수, 석가, 공자, 소크라테스에 이어 세계 5대 성인이라 불러도 손색이 없을 것이다.

예를 들어 보자. 사십 대는 중장년층에 해당한다. 그들을 일반적인 직장인의 개념에서 바라본다면 가장 중요하고 큼직한 일을 많이 맡아 수행하고 각 조직 안에서 위와 아래를 아울러야 하는 중추적인 역할을 하며 조직의 허리이자 핵심 멤버의 의무를 다하며 살아간다. 하지만 직장에서의 역할 하나가 인간의 자아를 구성하는 전부가 될 리 없다. 그들은 때때로 가족의 막내로서 병든 노부모에게 웃음을 주기 위해 철없는 장난을 하기도 하고, 학창 시절 친구들을 만나는 날에는 사회에서 통용되는 직함이나 명함과는 상관없이 깨복쟁이 십 대로 되돌아가 그 나이의 성인이 하리라곤 생각되지 않는 기행을 선보이기도 한다. 이것은 비단 사오십 대에게만 적용되는 것이 아니라 십 대부터 죽기 직전의 사람까지, 아직 생을 다하지 않은 인간이라면 모두에게 적용된다. 갓 스무 살의 청년도 열아홉 살 고등학생 앞에서는 까마득한 커리어를 지닌 선배가 될 수 있고, 은퇴를 앞둔 육십 대의 시니어도 구십 세 노인 앞에선 이제 갓 은퇴한 인생 2막 초년생에 불과하다.

이렇게 상대적인 개념인 나잇값 때문에 놓치게 되는 수많은 즐거움과 기회가 안타까울 때가 있다. 배움에는 때가 없다는 말처럼 우리는 죽을 때까지 배워야만 한다. 무언가를 계속 배우는 사람의 정신은 늙지 않는다. 비단 늙지 않고 젊은 영혼을 유지하기 위해서뿐만 아니라 배움과 학습 안에서 우리는 수많은 개인적인 행복에 도달할 수 있다. 하지만 때때로 새로운 도전을 회피하기 위한 변명으로 나이라는 무난한 방패를 선택하곤 한다.

육십이 되어 춤을 배우는 것, 서른 살에 전공과 상관없는 새로운 길에 뛰어드는 것, 사오십 대가 되어서도 애니메이션을 보고 아이돌의 음악을 청취하는 것, 백발노인이 찢어진 청바지를 입는 것. 무언가를 하기에 너무 늦은 나이라는 생각을 깨부수는 이런 모든 행위에 찬성하며 찬사를 보낸다. 반대로 무언가를 하기에 너무 이른 나이라는 것 역시 없다. 김영삼 전 대통령은 25세에 국회의원이 되었고, 제갈공명은 26세에 유비의 책사가 되었으며, 페이스북의 설립자 마크 저커버그는 27세에 2010년 타임지에서 선정한 올해의 인물로 뽑히기도 했다.

비단 이렇게 특출 난 재능을 가진 사람이 아닐지라도 우리는 살면서 얼마든지 나이와 상관없는 행동을 선택할 수 있으며, 그러한 선택은 존중받아야 마땅하다. 다른 이유가 아닌 단지 나이 때문에 나의 행복을 유예하는 것은 분명 피해야 할 일이다.

에이, 그런 게 어딨어

"나는 우리 부모님이 싸우는 거 한 번도 본 적 없어."

열네 살 중학교 1학년, 친구에게 들었던 말이 지금도 잊히질 않는다. 처음 저 말을 들었을 때 마치 이 세상에 유니콘이 존재한다는 말을 들은 것처럼 세상에 없는 비현실적인 이야기를 현실이라고 말하는 그 친구를 거짓말쟁이라고 생각했다. 하지만 그 친구는 아마도 사실을 말했을 것이다. 하지만 나는 나의 세상에 존재하지 않는 일이라는 이유로 섣불리 친구의 말을 거짓말이라고 속단해 버리고 말았다.

내가 모른다고 해서 그것이 존재하지 않는 것은 아닌데 우리는 언제나 각자의 틀 안에서 세상을 좁게 바라본다. 그 틀이라는 것은 살면서 쌓아 온, 때로는 쌓인 경험에 따라서 다르게 만들어지기 때문에 우리는 각자 세상에 하나밖에 없는 나만의 틀을 육체와 정신에 각인시킨 채 살아간다. 하지만 때때로 타인과 마주하며 서로의 틀로 타인을 가늠하는 순간에, 그 틀이라는 것 사이에 존재하는 간극이 우주처럼 멀게 느껴져 가끔은 타인의 틀을 도무지 나의 현실로 받아들이지 못하는 수용 불능 상태에 빠지기도 한다.

코끼리를 한 번도 본 적 없는 어린아이에게 코끼리를 설명하는 일은 어렵다. 인식의 한계는 결국 경험의 가장자리 어디쯤까지만 닿아 있기 때문이다. 마리 앙투아네트가 가난한 백성에게 빵이 없으면 케이크를 먹으면 되지 않느냐고 말한 것이 사실이라면, 그것은 그녀의 인식이 백성의 삶에 가 닿지 못했기 때문이다. 이런 사례는 주변을 조금만 둘러봐도 쉽게 발견할 수 있다. 가난한 마을에서 자란 아이는 세상 사람이 모두 가난한 줄 알고, 부유한 마을에서 자란 아이는 세상 사람이 모두 부유한 줄 알고 자란다. 자기 경험이 기본값이 되는 것이다. 즉 '내 기준에서', '내 생각에는'이라는 개념이 성장의 전 과정을 통해 만들어지게 된다.

하지만 사람은 성장해야 한다. 성장이란 내 기준을 끊임없이 깨부수는 과정이다. 기준을 깨부수기에 가장 좋은 방법은 자신을 새로운 환경에 노출하는 것이다. 젊어서 고생은 사서 한다는 말이나, 여행은 스승과 같다는 말은 그런 의미에서 매우 타당한 말이다. 성장한다는 것은 끊임없이 자신을 재구성하며 변화하는 것이다. 기존의 것을 분해하고 재구성하기 위해서는 반드시 신선한 자극이 필요하다. 변화하고 싶다면 만나는 사람, 사는 곳, 시간 쓰는 방법을 바꿔야 한다. 즉, 마음을 먹거나 의지를 다지는 것보다 주변의 환경을 강제적으로 바꾸어야 하는 셈이다. 인간은 환경의 지배를 받기 때문이다. 하지만 사실 우리가 살아가면서 새로운 환경에 노출될 기회를 얻는 것은 생각보다 어렵다. 대학과 군대는 그런 의미에서 생각을 깨부수는 훌륭한 교류의 장이 될 수도 있다. 어울리는 사람도, 지내는 장소도, 시간을 쓰는 방식도 지금까지 살아온 모습과 전혀 다른 형태로 마주하게 되기 때문이다. 굳이 따지자면 비슷한 성적과 전공이라는 공통의 목적을 가지고 모이는 대학보다는 그 어떤 필터링 과정 없이 불특정한 다수가 모이게 되는 군대, 다양성의 측면에서 조금 더 효과적인 경험치를 쌓을 수 있는 곳이라는 생각도 든다. 나와 결이 다른 사람, 나와 뜻이 다른 사람, 나와 기준이 다른 사람, 온통 나와 다른 사람들 틈에서 생활하는 일은 어찌 보면 매우 괴로운 일이다. 그리하여 때때로 나와 다른 것으로부터 눈을 돌리고 애써 외면하며 익숙한 곳으로 회귀를 반복할지도 모른다. 그러나 그것은 편한 일이지만 나의 사고와 시야를 넓힐 기회를 스스로 빼앗는 일이기도 하다.

분명한 것은 바라보아야만 무언가에 대해 깊이 있게 알 수 있다는 것이다. 내가 경험하지 못했고, 내가 생각해 보지 못했고, 내가 이해하지 못했던 것이라 해도 계속해서 온 마음을 다해 바라보려고 노력하다 보면 언젠가 알게 되는 순간이 반드시 오리라 믿는다. 우리는 어쩌면 매일 새로운 도전을 하고 있는지도 모른다. 우리 모두에게 세상은 어쩌면 부모와 같은 역할을 하는 존재일지 모르겠다. 매일 새로운 것을 깨닫게 해 주려고 부단히 노력하고 있으니 말이다. 그리하여 우리는 언젠가 "에이, 그런 게 어딨어"라는 퉁명스러운 말 대신 "그런 게 있어?"라며 호기심 어린 눈을 반짝이는 사람이 되리라.

뒤처진다는 두려움

그럴듯한 취미를 갖고 싶었던 적이 있었다. 사실 취미라는 것이 남에게 보여 주기 위한 것도 아니고 그저 내가 좋아하는 것으로 삶의 틈새에 꽃 피우는 공백의 시간을 채울 수만 있다면 그것이 무엇이든 아무런 상관이 없어야 함에도, 나는 좀 더 밋들어지고 그럴듯해 보이는 취미를 찾기 위해 쓸데없이 힘을 빼는 데 열심이었다.

고작 여름에 서핑 몇 번 해 본 것이 전부이면서 서핑이 취미라 말하고, 겨울에 친구들과 보드 몇 번 타 본 것을 두고 보드를 탈 줄 안다고 말하는 등 마치 취미가 나를 대변하는 어떤 상징이라도 되는 듯 착각하며 취미를 하나의 예쁜 포장지처럼 활용하곤 했다. 물론 완벽하게 허세를 부리기 위해 취미를 찾아 헤맨 것만은 아니다. 일종의 실용적인 측면을 고려해 이것저것 살피기도 했다. 교직에 몸담은 이상 잘하기만 한다면 어떤 형태로든 득이 될 것이라는 선배들의 말에 배구를 배우기도 하고, 군대에 다녀온 남자라면 누구나 한 번쯤은 부려 본다는 탁구 자부심에 불타는 친구들에게 지기 싫어 탁구를 배우기도 했다. 몸짱이 되어 프로필 사진을 찍어 보고 싶다는 욕망에 PT를 받기도 하고, 앞으로 만나게 될 제자들의 얼굴을 그려서 연말에 선물로 주면 좋겠다는 생각에 캐리커처 강의를 듣기도 했다. 부족한 기량 때문에 팀에 폐를 끼치는 것 같아 단체 운동은 포기하고 수영장과 복싱 체육관을 잠시 기웃거리기도 했다.

취미에 대한 내 마음의 일부가 허세였음을 부정할 순 없지만, 한편으로는 정말로 내가 좋아서 일생을 살아가며 시간을 함께 보낼 수 있는 어떤 대상을 찾고 싶었던 마음이 있었다. 여기저기 기웃거리며 마음에 드는 취미를 찾고자 무던히도 애를 썼지만, 3개월을 넘겨 본 적이 없다. 여러 가지 이유가 있겠지만 가장 분명한 이유는 재미가 없었기 때문이다. 취미를 찾아 헤매는 여정은 취업과 함께 시작되었고, 결혼 후 아이를 갖게 되면서 멈추었다.

취미를 찾고자 했던 이유는 취미를 갖고 싶었기 때문이라기보다는 가만히 흐르는 시간의 공백을 견뎌 내지 못했기 때문이었던 것 같다. 어색한 사람과 대화하는 중에 생기는 침묵의 시간을 견뎌 내기 힘든 것처럼 비어 있는 시간의 고요함을 오롯이 즐기지 못했던 시절이었다. 이는 꽤 위험한 일이었다. 목표도 이유도 없이 그저 여기저기 굴러다니며 시간을 쓰는 것에 불과한데 스스로 열심히 살고 있다는 착각에 빠뜨렸기 때문이다. 그것은 자기 계발이라는 또 하나의 톱니바퀴와 맞물려 끊임없이 나를 굴렸고, 의미 없는 시간 속을 허우적대며 그것이 의미 있는 삶인 것으로 착각했다. 그러니까 취미라는 가장 개인적인 시간을 소비할 때조차도 열심히 해야 한다거나 그럴듯해 보여야 한다는 식의 어떤 외부적 기준을 따르고 있었던 셈이다.

그것은 과소비였고 충동구매였다. 현명하지 못한 소비를 하는, 그러니까 과소비 혹은 허투루 돈 쓰는 것을 무척이나 싫어했던 내가 자기 계발이라는 상품에 현혹되어 무분별한 취미 쇼핑에 빠져 있었던 셈이다. 멈추어야 했다. 이런 의미 없는 행위가 더는 나에게 아무런 도움이 되지 않는다는 것을 어렴풋하게 느꼈을 때야 비로소 마음에 평화가 왔다. 평화를 찾아 헤맬 때는 평화롭지 못하더니 평화를 내려놓고 나서야 평화를 찾게 되었다. 놀 때조차 그냥 즐겁게 놀 수 없게 만드는 위험한 생각, 그것은 바로 늘 우리를 채근하는 뒤처지면 안 된다는 생각이다.

역시 내 것이 최고야

"100% 환불 보장. 일단 사용해 보세요."
"30일 무료 체험을 하신 후 결정하세요."

이런 광고를 보며 의아하게 생각했던 적이 있다. "저렇게 비즈니스를 하면 반품되는 제품이 많을 텐데 그 손해를 어떻게 메꾸려고 저러지?" 어리석게도 인간에 대한 통찰이 부족했다. 인간은 생각보다 비합리적인 선택을 할 때가 많다는 것을 일찍이 깨달은 마케터들은 보유 효과를 이용해 결코 손해 보지 않는 캐치프레이즈를 만들어 낸 것이다. 역시 아는 것이 힘이며 그것은 어떤 방식으로든 유효하게 활용된다. 영업하는 사람들이 가장 똑똑한 사람이라는 말이 괜히 나온 것은 아니라는 생각을 하게 된다.

"아니, 그렇게 힘든데 이혼하지 않는 이유가 무엇입니까?"
"잘 생겨서요."

보유 효과란 쉽게 말해 내가 무언가를 소유하게 되면 그것의 객관적, 실제적 가치보다 높게 평가하는 오류를 범하게 되는 것을 뜻한다. 법륜스님 특강에서 배우자 때문에 이혼을 고민하는 내담자의 상담 내용을 우연히 듣게 되었다. 돈도 안 벌어 오고 자녀 양육에도 무관심하며 바람까지 피우고 자신을 무시한다는 이 내담자의 이야기를 들으며 법륜스님이 물었다. 이미 답이 나와 있는데 상담하러 온 이유가 무엇인지, 그런데도 이혼을 망설이는 이유는 무엇인지. 쉽사리 대답하지 못하는 내담자에게 법륜스님이 다시 질문을 던졌다. "배우자의 장점이 무엇입니까? 장점이 있으니까 참고 살 것 아니오." 잘생겼기 때문이라는 예상치 못한 대답이 나왔다. 얼마나 잘생겼기에 저런 무시무시한 결점들을 커버할 수 있는 것일까. 장동건이나 정우성 정도 되는 외모를 가진 것일까?

아마도 이것은 보유 효과에서 비롯된 잘못된 수식의 오류가 아니었을까 싶다. 1점의 플러스 요인과 100점의 감점 요인을 산술적으로 계산하지 못하고 1점의 요인을 1,000점쯤으로 잘못 판단하는 오류. 비합리성이 빚어내는 비극이 아닐 수 없다. 한 사람의 인생을 세밀하게 알 수는 없지만 적어도 내담자의 태도와 객관적 자료를 두고 판단해 보았을 때, 아무래도 이상하다는 생각을 완전히 지울 수 없었다.

위 사례의 내담자를 어리석다고 손가락질할지도 모르겠지만 살다 보면 우리 또한 이 보유 효과에서 자유롭기가 힘들다는 것을 느낄 때가 많다. 보유 효과는 인간의 심리 깊은 곳에 박혀 있는 손실을 두려워하는 본능과 연관되어 있다. 인간은 본능적으로 1억 원의 이득보다 1억 원의 손실을 더 두려워하는 존재이기에 같은 확률로 1억 원을 잃을 가능성을 안고 1억 원을 얻을 가능성에 배팅할 것인지, 1억 원을 잃지 않는 선택을 할 것인지 물어보면 대부분 후자를 선택한다. 그렇기에 우리는 일상에서 잃어버리는 것이 두려워 가지고 있는 것의 가치를 높게 평가하는 방어기제를 자신도 모르는 사이 작동시키며 살아간다.

비전 없이 흘러내리며 손실 중인 주식 종목을 과감하게 손절하고 유망한 종목으로 갈아타지 못하는 것, 내 자식 내 형제자매가 최고인 것 같아 어떤 배우자감을 데리고 와도 성에 차지 않는 것, 남들이 보았을 땐 멀리하는 게 좋을 것 같은 친구나 애인을 멀리하지 못하고 계속 곁에 두는 것, 중고 거래 사이트에서 판매자와 구매자 간의 가격 절충이 어려운 이유 등이 모두 보유 효과 때문임을 알게 된다면 조금은 객관적인 시선으로 내가 가지고 있는, 나와 가까이 있는 것들을 바라볼 수 있게 되지 않을까.

이것은 일면 장점도 있다. 내가 가진 것을 소중히 여기는 태도는 철저히 주관적인 세계에서 발생하는 현상이다. 비록 그 정도의 가치를 실제로 지니고 있지 않다고 한들, 나에게는 최고의 가치를 가진다고 판단하는 것이 때로는 평화와 사랑을 구축하는 뼈대가 되기도 한다. 그러나 이것은 분명히 객관성과는 거리가 있다. 인간은 스스로 합리적이라고 생각하며 살아가지만, 심리학 용어를 조금만 살펴보면 인간의 비합리성을 정의하는 용어가 그토록 많다는 사실에 깜짝 놀라게 된다. 인간이 어쩔 수 없이 비합리적인 존재라고 한다면 그 비합리성이 조명하는 희망의 측면을 바라보고자 노력하는 일 또한 어쩔 수 없는 일인지 모른다.

적당히 손해 보듯 살라는 옛말이 있다. 하지만 보유 효과는 이를 어렵게 한다. 내가 가진 것이 최고라는 생각은 여러 측면에서 분명 중요한 일이지만 그것이 나의 눈을 완전히 가리게 될 때, 우리는 정당한 거래를 성사하기 어렵게 된다. 감성을 남겨 두되 이성을 마비시켜서는 안 될 일이다.

보유 효과: 일단 보유(소유)하게 되면 그 보유물에 대한 애착이 생겨 일반적으로 합리적이라 생각하는 가치를 넘어선 가치를 스스로 부여하게 되는 현상.

첫사랑은 아름답다는 말

완성되지 못한 것은 오래도록 기억에 남는다. 승리의 경험은 가슴에 남아 앞으로 나아갈 동력을 제공하고, 패배의 경험은 머리에 남아 같은 실수를 반복하지 않도록 정보를 제공한다는 점에서 저마다 가치 있다. 한데 실수, 실패, 혹은 미완성이 승리, 성취, 완성보다 머릿속에 오래 남는 이유는 그것이 생존의 욕구와 결합해 있기 때문이다. 완성하지 못하고 어느 지점에서 물러섰던 경험은 생존을 위협하는 불안 요인으로 작용해 우리의 생존을 돕고자 하는 뇌의 메커니즘에 의해 머릿속에 강력하게 각인되는 결과를 빚어낸다.

미완성된 과제에 관한 기억이 완성한 과제의 기억보다 더 강하게 남아 이후 판단에 영향을 끼치는 심리적 현상을 자이가닉 효과라 한다. 즉, 미완성에 대한 애착 정도로 해석할 수 있다. 미완성을 실패의 경험으로 치부해 부정적으로만 바라볼 일은 아니다. 오히려 다양한 쓰임새가 있다는 점에 주목해야 한다. 긍정적인 쓰임새 중 하나로 도전 의식을 고취한다는 점을 꼽을 수 있다. 어떤 경우든 승자는 패자를 일일이 기억하지 못하지만 패자는 언제고 승자에게 다시 도전할 투지를 불태우며 그날이 오기만을 곱씹고 또 곱씹는다. 이루지 못한 것에 대한 강한 기억과 열망은 삶의 원동력이 된다.

드라마의 마지막 부분을 극적으로 꾸며 다음 편을 기다리게 만드는 것은 자이가닉 효과를 상업적으로 가장 잘 활용한 예시라 할 수 있다. 이런 미완성의 결말은 사람들의 머리에 오랫동안 남게 되고 이는 후속 작품에 대한 충성 고객을 유치하기에 상업적 측면에서 전략적으로 사용된다. 예술계에서 한 가지 사례를 더 찾아본다면 모나리자를 떠올릴 수 있다. 모나리자의 눈썹이 없는 이유에 대해 다양한 의견이 있다. 모델이 원래 눈썹이 없는 사람이었다는 설, 세월이 흘러 눈썹 부분이 지워졌다는 설, 모나리자의 미소를 더 부각하기 위해 일부러 눈썹을 그리지 않았다는 설 등이다. 만약 다빈치가 자이가닉 효과를 알고 있었다면 미완성이 주는 각인 효과를 이용해 사람들의 뇌에 강력하게 저장하고자 했던 것은 아니었을까.

그러니까 첫사랑이 아름답다는 말은 사실 왜곡된 기억일 가능성이 높다. 이루지 못한 채 남아 있는 최초의 기억이기 때문이다. 그런데 우리는 그 잘못된 인식의 그물망에 갇혀 허우적댄다. 정말로 아름다워서 아름답게 기억에 남는 것인지 단지 미완의 결과물이기에 강렬하게 각인된 것인지 구분해야 한다. 무언가에 도전했다가 마무리 짓지 못한 모든 것 역시 마찬가지다. 과거라고 해서 모두 미화해서는 안 되듯이 미완의 모든 것을 아름답게 포장해서도 안 될 일이다.

창의력을 기릅시다

국가에서는 일정 기간 간격을 두고 교육과정을 수정한다. 교육과정은 어떤 교과목들을, 어떤 목적으로, 어떤 내용을, 어떤 방법을 써서 가르치고, 어떻게 평가할 것인지에 관한 대략적인 개요다. 대략적이라고 말했지만 상당히 상세하게 기술되어 있으며, 우리가 흔히 알고 있는 5차, 6차, 7차 교육과정이 바로 이 교육과정을 지칭하는 용어다. 한데 7차 이후에는 몇 차라는 말을 쓰지 않고 개정된 연도를 붙여 '08 개정', '09 개정' 이런 식으로 이름을 붙인다. 가장 최근의 교육과정은 2022 교육과정이다.

2022 개정 교육과정에서 그리는 미래 사회의 인재상은 "인문학적 상상력과 과학기술 창조력을 갖추고 바른 인성을 겸비하여 새로운 지식을 창조하고 다양한 지식을 융합하여 가치를 창조해 낼 수 있는 창의 융합적인 인간"이다. 쉽게 말해 문·이과를 넘나들며 성품도 바르면서 창의적으로 다양한 지식을 섞어 무언가를 생산해 내는 인간을 미래의 인재로 규정하고, 이런 인간을 기르는 교육을 하겠다는 것이 가장 최신의 우리나라 교육 목표라 할 수 있겠다.

이런 인재가 갖추어야 할 능력으로 교육과정에서는 여섯 가지 핵심역량을 제시한다. 자기 관리 역량, 지식정보 처리 역량, 창의적 사고 역량, 심미적 감성 역량, 협력적 소통 역량, 공동체 역량이다. 한데 이런 인재를 기르는 일은 쉽지 않아 보인다. 게다가 이런 인재를 길러 낸다고 한들 혼자서 무엇인가를 이뤄 낼 수 있는 시대는 이미 저만치 멀리 사라져 버렸다. 인재만 창의 융합을 추구하는 것이 아니라 시장에서도 창의 융합이 일어나야 큰 수익성을 낼 수 있는 시대로 변화하고 있기 때문이다. 다시 말해 창의 융합적 인재들이 서로서로 창의적으로 융합해야 시장에서 살아남을 수 있게 되었다는 소리다.

이전 시장에서는 혼자만 잘 나가도 충분히 경제적인 효과를 거둘 수 있었다. 떡볶이 맛집이나 칼국수 맛집처럼 한 우물만 깊이 파서 결국 극상의 맛에 이르면 대박집으로 자리매김하는 것은 어느 정도 당연한 수순처럼 여겨졌다. 지금은 어떤가. 여전히 한 우물만 파서 성공한 대박집이 존재하기는 한다. 그러나 시장이 커지고 생산자가 많아졌으며 그에 대한 정보 역시 넘쳐 나고 그 정보를 빠르게 손에 넣는 시대에 우직하게 나 혼자 내 길을 가겠다는 마음보다는 협업을 통한 시너지 효과로 차별화를 꾀하며 사람들의 관심을 끌어 보겠다는 정신이 더 큰 매출로 이어지는 교두보 역할을 한다.

시너지가 필요하다. 떡볶이만으로는 성공을 보장하기 힘들다. 무언가 다른 한 끗이 필요하다. 나는 어묵 육수를 베이스로 하면서 아주 절묘하게 짠맛보다는 매콤하면서 달콤함이 살짝 더 강한 떡볶이를 좋아한다. 고속도로 휴게소에서 먹을 수 있는 그런 떡볶이 맛이다. 한데 이 맛은 고속도로 휴게소가 아니면 찾기가 힘들다. 이런 맛을 가진 떡볶이 가게에서 매콤달콤함을 개운하게 씻어 주는 살얼음 동동 띄운 콩나물국이라도 한 그릇 준다면 나는 그 떡볶이 가게에 매일매일 갈 의향이 있다. 커피를 마시며 달콤한 케이크를 먹는 행위라던가, 죽어 가는 전통시장과 취업난으로 고생하는 청년 자영업자들을 위해 상생의 플랫폼을 구축하는 것 또한 시너지 효과라 할 수 있겠다.

이런 시너지 효과를 일찍이 알아차려 새로운 시장을 만들어 낸 사람들이 있으니, 컬래버와 시너지의 신흥 강자 유튜버들이다. 자기 힘으로 어느 정도 레벨에 올라선 유튜버들은 서로의 채널에 출현하며 서로의 구독자를 공유한다. 그리하여 일정 수준 이상의 구독자를 확보한 유튜버들은 그다음 더 커다란 도약을 위해 서로서로 광고하며 시너지를 얻는다. 이른바 공생 관계, 상생 관계라고 할 수 있겠다.

글쓰기도 마찬가지다. 다른 사람의 글을 읽고 그 생각에 자극받아 내 생각을 새롭게 정리해 보고, 나의 글로 인해서 또 누군가가 자극받는다고 생각하면 글쓰기의 과정 역시 상생과 시너지의 좋은 사례로 꼽기 충분하다. 건강한 시너지, 건강한 상생을 위해 나를 갈고닦는 일을 게을리해서는 안 된다. 0+0은 아무리 해도 0이기 때문이다.

창의력 또한 마찬가지다. 무에서 형성되는 창의력은 없다. 융합인재가 태어나기 위해서는 기초지식의 습득이 필요하고, 유명 맛집이 탄생하기 위해서는 주력 음식의 훌륭함에 더해 무언가 다른 한 끝이 필요한 법이다. 무턱대고 창의력을 기르자고 외친다 해서 창의력이 길러질 리 없다. 그런데 왜 우리는 창의력이라는 허상에 그토록 휘둘리는 것인가. 기초가 있어야 응용이 있고 부모가 있어야 자식이 태어날 수 있는 법이다. 활시위에 제대로 화살을 걸지도 않은 채 아무리 활을 쏴 봐야 결코 목표물에 도달할 수 없다.

빚진 것 같은 느낌

부채감이란 어떤 마음이고 우리 삶 속에서 어떤 방식으로 작동하는가. 그것을 알기 위해 먼저 부채감이 무엇인지 생각해 보자. 부채감이란 빚진 마음이다. 누군가에게 어떤 형태로든 신세를 져서 그것을 갚아야 후련해질 것 같은 마음. 이는 내 마음을 불편하게 한다. 은행에 갚아야 할 돈이 쌓여 있을 때만 스트레스를 받는 것이 아니다. 타인에게 마음의 빚, 즉 부채감을 가지고 있을 때 느끼는 무게감 역시 상당하다. 그리고 우리는 저마다 다른 부채감을 짊어진 채 살아간다.

586세대에 속하면서도 당시 시민운동에 적극적으로 참여하지 못했던 사람 중 일부는 시대와 동 세대에 대한 부채 의식이 있다. 대변혁의 시대에 힘을 보태지 못했다는 미안함, 불의에 저항하지 못했다는 자책감, 피 흘리는 동료를 외면했다는 자괴감, 아무것도 알고 싶어 하지 않았던 몽매함. 이러한 여러 감정이 얽히고설켜 부채감을 발생시킨다. 그리고 이런 부채감은 때때로 이성적이지 못한 판단을 내리게 하는 결정적 근거가 된다.

부모의 전폭적인 지원을 받고 자라난 자녀들이 부모에게 부채감을 느끼기도 한다. 부모의 헌신과 사랑을 누구보다 잘 알기에 부모의 뜻을 거스르기 어려워하고 부모의 결정과 판단에 반기를 들지 못한다. "내가 너를 어떻게 키웠는데"라는 말이 허튼 말이 아니라는 것을 수긍하기 때문에 그들의 부채 의식 역시 상당히 단단하게 짜여 드라마의 엇나가는 사춘기 소년 소녀들의 단골 설정으로 등장하곤 한다.

사람을 다루는 위치에 있는 사람들, 혹은 어떠한 형태로든 타인으로부터 이득을 취하려는 사람들은 이런 부채감의 특성을 알고 타인에게 의도적으로 부채감을 심으려 한다. 인사권자들 혹은 영업하는 사람들의 주요 스킬은 타인의 마음에 빚을 지우는 것이다. 자신에게 무리가 없는 선에서 의도가 담긴 작은 호의를 베풀거나, 고마움을 느끼지 않아도 될 일을 자꾸 고맙게 생각하도록 주입하는 식이다. 이는 영업이나 인사 관련 서적에 빠지지 않고 등장하는 단골 레퍼토리다.

그렇다면 부채감은 부정적이고 불편하기만 한 감정일까? 모든 감정이 그렇듯 부채감 역시 부정적인 방향으로 폭발시키면 부정적인 에너지가 되고, 긍정적으로 승화시키면 아름다운 동력원이 된다. 부정적인 조타수를 만날 때 부채감은 자책, 분노,

회피, 남 탓, 뻔뻔함으로 그 모습을 바꾸며 부채감을 준 대상을 오히려 공격하기 시작한다. 도저히 갚을 수 없을 만큼 막대한 부담감을 안겨 준 대상이 내 인생에 지나치게 간섭하려 할 때, 오히려 그 대상을 저주하고 공격함으로써 점점 커져만 가는 부채감을 터뜨려 대상과의 관계를 끊어 내고 부채감의 굴레에서 벗어나고자 하는 것이다. 하지만 유능하고 긍정적인 조타수와 마주한 부채감은 보은, 환원, 삶의 동력과 같이 전혀 다른 형태로 탈바꿈한다. 자신이 입은 은혜를 갚기 위해 악착같이 노력하기도 하고, 받은 것 이상으로 갚는 순환의 미덕을 발휘하기도 한다. 부모에서 자녀로, 또 자녀의 자녀로, 아래 세대로 무한히 전해지는 가정 안에서의 내리사랑이나 학창 시절 은사님의 은혜를 잊지 않고 그 가르침에 따라 베푸는 삶을 살아가는 수많은 사람이 바로 부채감의 긍정적 환류의 결과라고 할 수 있다.

어린 시절 정신적으로 매우 힘든 시기가 있었다. 그 시절 의지가 되어 주던 두 친구가 있었다. 무조건적인 지지를 보내며 공허할 뻔한 시간을 함께 채워 주었던 A군, 미래를 꿈꾸고 함께 도약을 약속하며 힘든 시절 이를 악물고 버틸 수 있는 동력이 되어 준 B군이다. 두 친구 모두에게 고마운 마음을 늘 잊지 않고 살았다. 그 기분 좋은 부채감은 나를 구성하는 커다란 뼈대 가운데 하나가 되었다.

부채감은 어려운 감정이다. 주고 싶다고 주기도 어렵거니와 주기 싫다고 주지 않을 수도 없다. 왜냐하면 부채감은 전적으로 받는 사람이 주도적으로 형성하는 감정이기 때문이다. 고마워해야 할 상황에서도 고마워할 줄 모르는 사람은 애초에 부채감 따위의 감정을 품지 않는다. 고마워하지 않아도 될 일에도 매사에 감사하는 사람은 필요 이상의 부채감에 시달릴 가능성이 높다. 그래서 또 오해가 쌓이고 서운함이 쌓인다. 나는 그럴 의도가 아니었는데 부담스럽다며 나를 피하는 사람(과도한 부채감), 나 같으면 고마워서 무엇이라도 답례했을 것 같은데 입을 닦는 사람(과소한 부채감), 그리고 이런 감정을 나만 느끼는 것이 아니라 모든 사람이 서로가 서로에게 동시다발적으로 느끼고 있다는 것. 그래서 늘 누군가는 서운하고 누군가는 덤덤하며 누군가는 아무런 생각이 없는 것. 부채감은 그래서 늘 어렵다.

배움은 아랫사람이 청하는 것이지

평생학습이라는 말이 더는 낯설지 않다. 80세 만기였던 보장보험의 나이 상한이 100세로 확장된 것만 보아도 기대수명이 높아졌다는 것은 명확한 사실이다. 이토록 긴 세월 동안 배우지 않고 살아간다는 것이 오히려 이상하게 느껴질 정도로 살아갈 세월이 늘어난 것에 비례해 배움에 대한 열정과 그 열정을 해소해 줄 커리큘럼 역시 점점 늘고 있다. 평생학습이라는 단어를 받아들인 사람들은 학습을 즐겁게 생각하고 평생을 배우려는 자세로 삶에 임하게 된다. 한데 이 '배움'을 청할 때 앞에 따라붙는 단어가 하나 있다. 바로 '겸손한 자세'다. 그런데 배움 앞에서 우리는 정말 겸손해야만 하는 것일까?

배움과 겸손의 상관관계를 밝히기 전에 배움이 무엇인지 잠시 생각해 봐야 할 것 같다. 배움이 무엇인지 알아야 그 앞에 겸손을 붙여도 되는지 붙이면 안 되는지, 아니면 때에 따라 붙였다 떼었다 할 수 있는 유동적인 것인지 판단이 설 것이기 때문이다. 배운다는 것은 무엇인가. 배움이란 몰랐던 것을 새롭게 알게 된다는 의미일 수도, 밥벌이를 위해 새로운 공부를 시작하는 것일 수도, 직업의 테두리 안에서 승진을 위해 공부하는 것일 수도 있다. 좁게 보면 어떤 목적을 달성하기 위해 무언가를 익히는 과정을 배움이라고 할 수 있고, 넓게 보면 살아가며 겪는 모든 것을 배움이라고 할 수 있다. 좁게 보든, 넓게 보든, 어쨌든 배움은 새로운 것을 느끼고 알게 된다는 뜻을 포함한다. 새롭다는 것은 내 안에 존재하지 않았기에 느껴지는 감정이자 인식이다. 즉, 배움은 내 안에 존재하지 않았던 것을 내 안으로 들이는 과정이다. 이런 과정을 생각해 보면 배움이란 필연적으로 외부의 존재로부터 얻어지는 것이기에 겸손해야 할 필요가 있다. 외부의 존재로부터 얻어 낼 수 있다는 것은 혼자 힘으로는 결코 그것이 가능하지 않음을 의미하기 때문이다.

겸손은 미덕이며 아름다운 우리의 관습이다. 다만 과한 것은 늘 부작용을 발생시키듯 겸손 역시 과할 때 부작용을 만들어 낸다. 유교 국가인 탓일까. 겸손한 태도의 중요성에 대해 어릴 때부터 듣고 자라온 탓에 배움과 가르침의 과정에 겸손을 덧씌우며 배움의 과정을 수직적으로 생각하는 사람들이 있다. 그렇게 생각하는 이들은 배우려 하지 않는다. 겸손해지기 싫기 때문이다. 가르치는 사람은 윗사람이며 배우려는 사람은 아랫사람이라는 인식이 있기 때문이다. 겸손의 미덕에 따르자면 아랫사람은 응당 겸손해야 한다. 그런 사람들에게 배움은 수치스러운 일이다. 배움을 청한다는 것은 스스로 아랫사람이 되기를 자청하는 것이기 때문이다.

그래서 평생 배우려는 사람과 조금도 배우지 않으려는 사람 사이에는 건널 수 없는 큰 강이 흐른다. 그 강의 이름은 바로 겸손이라는 계곡에서 파생된 '위계질시'다. 배움의 과정에 위계를 입히고 그것을 겸손이라는 아름다움으로 포장하는 순간 배움에 임하고 싶은 마음이 사라져 버린다. 배움은 결코 위계에 의해 촉진될 수 없는 탓이다.

우리는 우리의 눈을 가리고 있는 잘못된 장막을 거둬야 한다. 배우고 가르치는 과정이 결코 위계에 의해서만 이루어지는 것은 아니라는 사실을, 배움을 청하는 일은 결코 아랫사람이 되는 것이 아님을, 우리는 때로는 배우는 사람이 되고 때로는 가르치는 사람이 되어 서로 어우러져 살아간다는 사실을 온몸으로 느껴야 한다. 그래서 때로는 가르치는 사람이 되어 봐야 한다. 가르치다 보면 알게 된다. 가르치며 배운다는 사실을. 가르치며 배우고, 배우며 가르친다. 그렇기에 배우는 사람은 과도하게 허리를 굽힐 이유가 없고, 가르치는 사람도 오만하게 고개를 들 이유가 없다.

어차피 욕하면서 볼 거잖아

연예인은 대중의 인기와 관심을 먹고 산다는 말을 연예인들 스스로 한다. 이는 곧 관심이 영향력의 확장이며, 확장된 영향력의 파급효과에 따라 몸값이 오르니 대중의 인기가 연예인의 수입과 직결된다는 것을 의미한다. 그런데 이젠 스마트폰의 대중화와 통신 기술의 발달에 힘입어 연예인이 아닌 보통 사람들도 얼마든지 개인의 역량에 따라 1인 방송을 진행하는 시대가 되었다. 그러다 보니 연예인들만이 갈구하던 대중의 인기와 관심을 두고 만인의 만인에 대한 투쟁이 시작되었다. 상황이 이렇다 보니 인지도와 유명세를 높이기 위해 무리수를 두는 경우가 생긴다. 어그로와 관종이 바로 그것이다.

어그로: 관심을 끌고 분란을 일으키기 위해 인터넷에 자극적인 내용의 글을 올리거나 악의적인 행동을 하는 일.

대중의 관심이 곧 수익과 직결되다 보니 선한 관심이 아닌 비난과 비방을 듣더라도 그것이 무관심보다 낫다고 생각하는 사람들이 있다. 무플보단 악플이 낫다고 말하는 연예인들처럼 어그로를 일삼는 이들은 각종 자극적인 방법을 동원해 이목을 자신에게 집중시키거나 쟁점이 될 만한 것에 슬쩍 편승해 자신의 이득을 챙긴다. 그들에겐 재미와 경제적 이득 이외의 다른 것들은 전혀 고려 대상이 아니다. 학대받아 생을 마감한 어린아이, 연예인들의 가십거리, 석방된 범죄자 등 조심스럽고 정확한 사실 확인이 필요하며 또 다른 누군가가 상처받을지도 모를 민감한 일들조차 그들에겐 그저 돈벌이 수단에 불과하다. 그들이 좋아하는 것은 선동과 날조, 입맛에 맞도록 조작된 약간의 각색 같은 것들이다. 그들은 음모론을 좋아한다. 요즘 소위 잘 팔리는 글이나 책을 가만히 보면 이런 식의 제목을 심심치 않게 찾아볼 수 있다.

학교에서는 절대 알려 주지 않는 이야기.
회사에서는 절대 알려 주지 않는 이야기.
가난한 부모는 절대 알려 주지 않는 이야기.
의사들이 절대 당신에게 말해 주지 않는 비밀.
공부를 잘하는 학생들이 절대 알려 주지 않는 이야기.

저런 제목의 글을 보면 일단 클릭하게 된다. 도대체 비밀이 뭘까? 그들이 숨기고 있는 것은 무엇일까? 하지만 막상 글을 읽고 나면 글을 쓴 사람에게 '네가 숨기고 있는 속내가 무엇인가?'라고 묻고 싶어질 때가 많다. 어그로성 제목과 관련된 내용이 빠져 있거나, 내용과 상관없이 두루뭉술한 이야기를 하는 경우가 많다. 정말 학교나 회사, 의사나 공부를 잘하는 학생, 가난한 부모가 일부러 알려 주지 않는 어떤 이야기가 있는 것일까? 저런 제목의 글은 알려 주지 않는다는 주체를 부정적으로 바라보는 경우가 많다. 하지만 실상 그 주체들이 일부러 어떤 의도를 가지고 알려 주지 않을 이유는 그 어디에도 없다.

그것은 음모론이다. 달에 유인 우주선을 최초로 보낸 것은 미국이 아니라거나, 나사는 외계인의 존재를 숨기고 있다는 식의 이야기를 심심치 않게 듣는다. 미스터리한 것은 신비롭고 호기심을 자극하며 재미있기까지 하다. 이것이 사람들이 음모론에 관심을 기울이고, 끊임없이 음모론이 재생산되는 이유다. 그런 이야기를 듣고 있으면 시간 가는 줄 모르고 빠져들게 된다. 그것이 사실인지 아닌지는 중요치 않다. 그저 재미있고 의심을 불러일으키는 데다 유명인에 관한 것이라면 더욱 좋다. 사람은 원래 이야기하기를 좋아하고 이야기 덕분에 인류가 발전할 수 있었다는 말까지 있을 정도니 말이다.

음모론이 회자되는 또 한 가지 이유는 다른 사람들과 달리 나는 깨어 있다는 착각을 하게 만들기 때문이다. 많은 사람이 A라고 알고 있지만 사실 그것은 B이고 나는 그것을 알고 있는 소수에 속한다는 생각이 주는 어떤 우월감, 이런 느낌이 음모론을 순환시키는 메커니즘이다.

코로나 사태로 인해 온라인과 언택트 시대 진입이 가속화되면서 다양한 미디어에 노출되는 시간이 폭발적으로 늘어났다. 이런 상황에서 사람들의 관심을 끌어모으는 것이 어떠한 형태로든 이익을 취하는 데 도움이 된다는 생각에 무리수를 두며 자기 영향력을 확장하려는 사람들은 꼭 기억해야 한다. 사람은 자신 안에 들어 있는 것 이상을 결코 만들어 낼 수 없다는 사실을, 무리한 욕심으로 한순간의 이득을 취할 수 있을지는 몰라도 시간이 지나 내 안에서 나온 것이 아닌 것은 결국 사라지게 된다는 사실을. 만일 그런 것이 있다면, 그것은 사기다. "어차피 욕하면서 볼 거 아니야?"라는 말에 현혹되지 말자. 가수 옥주현의 말처럼 먹어 봤자 내가 아는 맛일 확률이 높다.

Chapter 3.

불편한 상황들

선 좀 넘지 말라고

열 길 물속은 알아도 한 길 사람 속은 알 수 없다. 이는 인간이 의도적으로 겉과 속이 다르게 행동해 타인에게 혼란을 야기시키기 때문이기도 하지만, 다양한 변수에 의해 언제든 다른 존재로 뒤바뀔 수 있는 유동적인 존재이기 때문이다. 즉, 인간을 완벽히 파악하려는 노력은 인간의 내부적 외부적 요인으로 인해 태생적으로 불가능한 일이 되어 버리고 만다.

그런데도 우리는 늘 타인을 파악하려 애쓰고, 때때로 파악하고 있다고 착각하기까지 한다. 그래서 뒤통수 맞았다는 말이 착각에 빠진 우리를 강타한다. 뒤통수를 맞았다는 말에는 내가 그를 파악했다는 전제가 깔려 있다. 하지만 우리가 타인을 알면 얼마나 알 것이며, 심지어 잘 알고 있다고 판단하는 것이 얼마나 위험하고 오만한 일인가. 얼마 안 되는 정보로 타인을 재단하는 일이 얼마나 위험하고 터무니없는 짓인지 알면서도 우리는 몇 가지 도드라지는 행동으로 타인의 성향을 파악하려는 실수를 저지르고 만다. 그것은 제한된 정보를 통해 세상을 살아가야 하는 인간의 불완전성에서 기인한, 기어코 불행이 동반될 것임을 예상하지만 결코 피할 수 없는 생존의 방식이다.

자가운전으로 출퇴근하는 직장인이라면 하루에 최소한 두 번씩 반복하는 행위가 있다. 바로 주차다. 매일 주차하면서 때로는 기분이 좋고, 때로는 기분 나쁜 경험을 한다. 주차선 가운데 반듯하게 차를 집어넣는 사람이 있는가 하면 한쪽 주차선을 물고 주차하는 사람, 주차선을 벗어나 주차하는 사람, 대각선으로 비스듬하게 주차하는 사람도 있다. 다양성이라는 것이 종의 생존 메커니즘임을 증명이라도 하는 듯 주차장에서도 인류학적 자연법칙이 적용되는 것을 확인할 수 있다. 심지어 두 칸에 걸쳐 주차하기도 하는데 이것까지는 차마 무어라 할 말이 없다. 이와는 반대로 다음에 주차할 사람을 배려해 벽면에 바짝 붙여 주차하는 사람, 주차 자리가 집에서 다소 멀리 떨어져 있더라도 이중주차를 하기보다 빈자리를 찾으려 애쓰는 사람, 어쩔 수 없이 이중주차를 했다면 아침 일찍 일어나 남에게 피해를 주지 않도록 차량을 이동하는 사람들도 있다. 이런 자세야말로 전 인류의 분노 수치를 줄여 주면서 세계 평화에 기여할 만한 위대한 행동이라고 한다면 과장된 표현일까?

　급한 일이 있거나 운전 실력이 미숙하기 때문이 아니라 개인의 욕심이나 부주의로 인해 주차 룰을 깨뜨리는 운전자를 만날 때 우리는 대면하지도 않은 익명의 한 인간의 성품에 대해 거의 동일한 평가를 내리곤 한다. 그들은 선을 넘는 사람들이다. 선을 지키는 일은 주차장에서부터 시작되어야 한다.

하나를 보면 열을 안다는 말이 누군가에게 쏟아질 때 그것이 마치 기회와 회생의 박탈처럼 느껴져 그다지 선호하는 표현은 아니지만, 때때로 치솟는 분노를 누그러뜨리려고 주문을 외우듯 조용히 웅얼거리게 된다. 눈치 없이 타인의 정서적 안전거리를 침투하는 무례한 표현이나 질문을 던지는 사람을 마주할 때면 눈으로 확인할 수 있도록 언어적 저지선을 그을 수 있으면 좋겠다고 생각한다.

우리는 모두 자신이 되고 싶다

나이를 먹을수록, 활동 범위가 넓어질수록, 우리는 다양한 역할을 부여받는다. 그리고 그것들은 나의 존재 위에 켜켜이 포개지며 상황마다 나를 규정짓는 기준이 되어 나의 행동 양식을 결정한다.

나이가 어릴 때는 부여받는 역할이 그리 많지 않다. 부모 앞에선 자식으로, 형제간에는 형이나 누나나 동생으로, 학교에서는 학생이자 제자이자 친구 역할 정도를 부여받고 이는 성인이 되기 전까지 큰 폭의 변화 없이 고정되어 흘러간다. 물론 학교에서 리더 역할을 맡거나 다양한 교외 활동에 참여하면 역할의 범위가 다소 넓어지지만, '미성년'이나 '학생'이라는 더 큰 틀이 존재하기에 다른 역할은 기존의 역할과 상충하기보다 앞에서 이야기한 큰 틀의 하위 역할 정도의 영향력을 발휘하는 데 그친다.

개인이 다양한 역할을 수행하는 과정에서 역할 간에 충돌이 발생하는 것을 역할 갈등이라 한다. 나이를 먹으며 여러 집단에 속하게 되면서 우리는 다양한 역할을 부여받는다. 〈놀면 뭐 하니〉라는 프로그램에서 유재석과 이효리, 비 등 각 영역에서 정점을 찍은 세 명의 스타가 '싹쓰리'라는 이름으로 프로젝트 그룹을 결성해 활동하며 화제가 된 적이 있다. 해당 방송에서 비는 이렇게 말한다.

"내가 여기서나 이런 취급을 받지! 다른 곳에 가면 나도 나름 한가락 하는 사람이야!"

글로 적으니 비가 정색하며 이야기한 것처럼 느껴지지만, 굉장히 재미있고 유쾌한 장면이었다. 소위 사회적으로 성공했다는 사람들도 어떤 모임에서는 전혀 다른 역할을 부여받는다. 비라는 대단한 스타가 망가지고 구박받는 모습은 이런 묘한 이질감을 빚어 내며 시청자들에게 즐거움을 준다. 한 개인이 서로 다른 역할 때문에 혼란스러워하는 상황이 이처럼 타인에게 웃음을 주기도 하지만, 때때로 이런 상황을 맞이하는 본인은 심각한 혼란에 빠지기도 한다.

사업적으로 큰 성공을 거두어 사회에서 사장님 소리를 듣는 사람이 집에 오면 천덕꾸러기 막내 취급을 받는다든지, 회사에서 중역의 위치까지 올랐지만 어린 시절 친구들을 만나면 개똥이로 불리며 놀림당한다는 등의 이야기는 혼란스럽다기보다는 즐거움을 주는 요소가 더 많다. 하지만 어떤 사람에게는 과거의 나와 현재의 나 사이에 견딜 수 없는 괴리감을 가져와 더는 마주하고 싶지 않은 상황으로 느껴질지도 모른다.

역할 갈등과 더불어 개인을 짓누르는 또 한 가지 무거운 짐이 있다. 무엇답다는 틀, 즉 외부에 의해 씌워진 프레임이다. 페이스북, 인스타그램, 유튜브, 브런치, 블로그 등 개인의 의견을 발산하고 자기 생각을 지지받기 좋은 환경을 갖춘 플랫폼을 통해 사람들은 그간 자신을 가두고 옭아매던 프레임에서 벗어나기 위해 발버둥과 같은 함성을 쏟아내고 있다. 가부장적이고 권위적인 시집살이에 저항하고 전통적인 며느리 상에서 벗어나고 싶다는 이야기를 용감하게 던진 『B급 며느리』라는 책에는 관습과 전통으로 포장된 불합리한 상황 속에서도 아무 목소리를 내지 못했던 며느리들의 서러움이 생생하게 담겨 있다. 한편, 〈82년생 김지영〉이라는 영화를 통해 수많은 지영이의 삶을 들여다볼 수 있었다. 책과 영화 사이에 얼마큼의 간극이 있는지는 모르겠으나, 영화를 보며 대한민국에서 여자라는 프레임 속에 갇혀 지내는 이들이 느끼는 답답함을 조금이나마 알게 되었다.

이런 프레임은 특히 사회적으로 많은 사람이 알고 있는 직업

군에 더 정교하고 깐깐하게 씌워진다. 정치를 모르지만, 진보와 보수하면 떠오르는 이미지가 있다. 이런 이미지 역시 매체를 통해 만들어진 프레임이라 할 수 있다. 진보가 진보의 이미지에, 보수가 보수의 이미지에 부합하지 않는 발언이나 행동을 할 때 대중은 그 정치인을 향해 손가락질한다. 때로는 진보가 보수의 정책을, 보수기 진보의 정책을 지지할 수도 있으련만 한 번 포지셔닝된 위치에서 그 프레임과 어긋나는 행동을 하기란 쉽지 않은 일처럼 보인다.

나 역시 여러 역할을 오가며 산다. 아들이자 사위이며, 아버지이자 남편이고, 장남이자 오빠면서, 선배이자 후배이고, 공무원이자 교사이며 학생이다. 그 외에도 남자, 삼십 대, 성당에 나가지 않는 천주교인, 전라도 사람, 왼손잡이, 글 쓰는 취미가 있는 사람, 어떤 모임에선 회장이지만 어떤 모임에선 총무고 어떤 모임에선 유령 회원이기도 하다. 늘어놓고 보니 별것 없는 것 같지만 이 별것 없는 것 안에서도 프레임으로 인한 스트레스가 유발된다. 대표적으로 교사라는 틀 하나만 봐도 그렇다. 교사라는 직업을 갖기 전에는 듣지 못했던 말을 교사가 된 뒤로 들을 때가 많다. 그 말들은 때로는 농담으로, 때로는 놀람으로 발현되어 나에게 던져진다.

교사가 그렇게 입어도 돼?

교사가 그런 말을 써도 돼?

교사가 그렇게 행동해도 돼?

교사가 그렇게 생각해도 돼?

교사가 그런 것 살 돈이 있어?

교사가, 교사가, 교사가….

교사이기 때문에 말과 행동, 심지어 옷차림과 소비 생활까지 검열의 대상이 된다는 것이 이해되지 않지만 그만큼 사회적인 기대치가 높다는 의미로 받아들였기에 처음에는 마냥 싫지만은 않았다. 그 기대에 부응하며 살기 위해 나름대로 노력했던 것 같기도 하다. 하지만 그런 시간과 상황이 반복될수록 가슴 한편에 답답함이 스멀스멀 올라왔다. 희한하게 하지 말라고 하면 더 하고 싶어지는 이상한 심리가 작용해 이런 답답함이 솟아나는 것 같다.

어떤 프레임에 갇혀 그에 어울리는 행동 양식에 따라 살다 보면 어느 순간 갑갑하다는 생각이 든다. 그것으로부터 탈출하기 위해 '임금님 귀는 당나귀 귀'라고 외쳤던 동화 속 주인공처럼 답답한 마음을 풀어놓기 위해 우리는 여러 가지 노력을 한다. 답답하다고, 그만 좀 하라고 외치기 시작하는 것이다. 외침의 시작은 나를 나답게 만드는 활동에 몰두하는 것이다. 그것은 취미 생활과 연결된다. 글쓰기나 영상 촬영, 운동이나 악기 연주, 철인 삼종, 무용, 발레, 꽃꽂이, 제빵 등 누군가는 업으로 삼는 일이지만 평범한 직장 생활을 하는 사람들에게 이런 취미 생활은 나를 찾아가는 중요한 시간이 된다. 게다가 만약 좋아하는 일을 하며 생계를 유지할 수 있다면 그것은 워라밸을 고민할 필요도, 나를 찾아가는 수고로움을 감수할 필요도 없는 행복한 일이라는 점에서 최고의 선택이 된다.

사회적으로 규정되는 역할들로부터 자유로워지고 싶은 마음은 모두의 소망이다. 나답게 살고 싶어서 자신을 찾아 나서는 모든 행위는 자유를 향한 간절한 외침이다. 다른 무엇으로도 규정되고 싶지 않고 오직 '나' 자체로 존재하고 싶은 열망은 인간의 본능이자 궁극적 바람이다. 그렇게 우리는 '나'로 태어나서 어렵사리 '무엇'이 되었다가 또다시 기어코 '나'로 되돌아가려고 발버둥 치며 시간을 보낸다.

묻지 마라

왜냐고 왜 그렇게 높은 곳까지

오르려 애쓰는지 묻지를 마라

- "킬리만자로의 표범", 조용필

왜냐고 묻지 마라. 네가 그 이유를 알지 못하더라도 나는 나만의 길을 가련다. 나의 행위에 대해 왜냐고 묻는 것을 조용필은 진즉 단호하게 거부하며 자신의 세계에 그 마음을 확실히 표시해 두었다.

우리는 어린이들에게 호기심을 가지라고 말하면서도 막상 아이들이 왜냐는 질문을 던지면 불편해할 때가 많다. 하지만 어린아이뿐 아니라 어른들도 항상 '왜?'라는 질문을 자신과 타인, 그리고 세상에 던지며 살아간다. 하지만 왜냐는 질문에 제대로 답해 주는 사람을 만나기는 꽤 어렵다.

대학 시절 말도 안 되는 똥군기 때문에 힘들었던 기억이 있다. 동기는 하나라는 것을 알려 준다는 명분으로 단체 얼차려를 시키거나, 선배 말에 얼마나 순종하는지 확인하기 위해 자정이 다되어 가는 시간에 술자리로 불러내거나, 길에서 마주쳤을 때 고개 숙여 깍듯하게 인사하지 않는다는 이유로 버릇 없다고 혼내거나, 백 명에 가까운 인원이 모여 술을 마시는 상황에서 자신에게 술잔을 들고 인사 오지 않은 것을 굳이 기억해 두었다가 다음 술자리에서 그때 왜 인사하러 오지 않았느냐며 괴롭히는 일들. 놀라운 것은 이러한 가혹 행위가 어떤 특별한 신념이나 철학에 의한 것이 아닌 고작 한두 살 나이가 많다는 이유로 정당화될수 있다는 사실이었다.

심지어 때로는 "억울하면 대학에 빨리 오지 그랬냐"라는 말도 안 되는 궤변으로 나이 많은 늦깎이 후배에게까지 폭력의 범위를 확장시키는 것을 목격하면서 이것이 과연 지성을 갖춘 대학이라는 공간에서 벌어지는 일이 맞는지 꿈을 꾸는 것처럼 아득하게 느껴지기까지 했다. 이런 일련의 행위가 도무지 이해되지 않아서 왜 이런 행위를 하는지, 왜 이런 대우를 받아야 하는지, 이런 행위가 그들에게 어떤 권위와 의미를 부여하는지 동기들과 함께 대학 시절 내내 곱씹고 곱씹었던 기억이 난다. 세상에 태어나 자신과 타인에게 왜냐는 질문을 가장 많이 던졌던 시절로 기억된다. 마치 어린아이가 세상에 태어나 처음 마주하는 어떤 장면이 이해되지 않고 상상력만으로는 해석이 불가능할 때 왜냐는 질문을 던지듯, 나 또한 그때의 상황을 도무지 이해할 수 없어 왜냐는 질문을 끊임없이 던졌다.

　아이들이 세상에 대해 알고 싶어 던지는 왜라는 질문과 도무지 이해되지 않는 상황을 헤쳐 나가기 위해 어른들이 던지는 왜라는 질문은 진정으로 모르기 때문에 알고 싶고, 궁금해서 묻는 순수한 접근으로 볼 수 있기에 기분이 나쁘지 않다. 만약 이런 질문조차 기분이 나쁘다면 내가 권위에 잡아먹힌 것이 아닌지 되돌아볼 일이다. 하지만 일상에서 성인들이 무턱대고 던져 대는 왜라는 질문에는 호기심보다는 폭력성이 숨어 있을 때가 많다.

　너는 왜 그 차를 샀어?
　너는 왜 결혼을 안 해?
　너는 왜 그 사람을 만나?
　너는 왜 아이를 낳지 않아?
　너는 왜 그 회사를 그만뒀어?
　너는 왜 그런 음식을 좋아해?
　너는 왜 가족들과 그렇게 지내?

너는 왜? 왜? 왜? 왜? 왜???

이런 경우 정말 궁금해서 묻는 경우는 거의 없다. 도대체 왜 그러는 것일까. 아마도 자기 생각과 다른 선택을 한 타인을 비판하거나 지적하고 싶은 마음, 혹은 교정하고 싶거나 훈수를 두고 싶은 마음 때문에 '왜?'라는 질문을 쉴 새 없이 쏟아 내는 것 같다. 이렇게 쏟아지는 왜라는 말은 무섭고도 폭력적이다. 자기 생각이 맞고 남의 생각은 틀렸다는 인식이 근본적으로 깔려 있기 때문이다. 이것은 모든 갈등의 출발점이다.

〈남으로 창을 내겠소〉

남으로 창을 내겠소
밭이 한참 갈이
괭이로 파고
호미로 풀을 매지요.

구름이 꼬인다 갈 리 있겠소
새 노래는 공으로 들으랴오
강냉이가 익걸랑
함께 와 자셔도 좋소

왜 사냐 건

웃지요.

- 김상용

　세상사가 복잡해진 만큼 개인의 삶 역시 복잡해졌다. 이토록 번잡하고 답을 찾기 어려운 세상에서 나의 방향과 다르다고 해서 타인의 선택을 비난할 권리는 누구에게도 없다. 자신의 답만이 정답이라고 생각하고 사는 것만큼 사람을 작아 보이게 만드는 일이 또 있을까. 이런 소모적인 논쟁이 지난하고 고단해 김상용 시인은 왜 사냐고 물으면 그저 웃는다고 말했을까. 타인의 미소와 침묵 속에 얼마나 많은 말이 감추어져 있는지 들여다볼 줄 아는 것, 그것이 바로 왜냐고 묻는 것보다 먼저 갖추어야 할 어른의 미덕이다.

불신과 혐오가 가득한 시대

상담이라는 분야는 깊이 있는 학술적 연구를 바탕으로 수행된다는 점과 광범위한 분야에 걸쳐 활용되는 범용성을 고려할 때 전문가의 영역으로 보는 것이 마땅하다. 그러나 한편으로는 일상에서 늘 벌어지는 일이기에 비전문가의 세계에서 쉽게 다루어지기도 한다. 이전에는 상담가로 발탁되어 미디어에 노출되는 사람들은 실력과 경력을 인정받는 각 분야의 대가로 구성되어 있었다. 한데 매체가 다양해지고 그만큼 확장된 시장을 채울 만한 공급이 충분히 이루어지지 못하는 까닭인지 요즘은 공신력 없는 사람들이 짝퉁 상담가로 활개를 치고 있다. 심지어 유튜브를 비롯한 다양한 인터넷 개인방송 채널을 보면, 상담을 콘텐츠 삼는 채널이 폭증하고 있다. 어떤 이는 전문적으로 상담을 공부하지 않았어도 다양한 창구가 생겨 양질의 상담을 어렵지 않게 받아 볼 수 있다며 이런 현상을 반기기도 한다. 상담이라는 분야를 예로 들었지만, 이는 상담 영역뿐 아니라 우리 사회를 구성하는 거의 모든 분야에 발생하는 고질적인 문제다. 이런 현상은 두 가지 측면에서 우려된다.

첫째, 채널이 다양해졌다는 것은 공급자와 수요자 양측에게 진입 장벽이 낮아졌다는 것을 의미한다. 낮아진 진입 장벽은 수요자들이 쉽게 접근해 혜택을 받기 용이해졌음을 의미하지만, 새로운 공급자들이 쉽게 시장에 들어올 수 있게 되었음을 의미하기도 한다. 이는 전문성을 갖추지 않아도, 그 사람의 병력이나 직업, 성품, 경력과 무관하게 어떠한 검증 절차 없이 누구나 시장에 진입할 수 있음을 뜻한다. 질적 성장을 도모하기 위해 양적인 팽창이 수반되어야 한다는 점은 어떤 면에서는 수긍이 되기도 하지만, 폭증하는 개인 방송 채널을 보고 있으면 검증되지 않은 잘못된 정보를 무분별하게 수용할 수밖에 없는 사람들, 특히 비판적 사고를 아직 갖추지 못한 채 거짓을 진실로 받아들일지도 모를 어린아이들이 걱정되는 것이 사실이다.

두 번째로 우려되는 점은 전문가의 신뢰도가 하락할지도 모른다는 불안감이다. 우리나라는 전반적으로 타인을 불신하는 분위기가 사회 전반에 깊이 깔려 있다. 특히 전문가에 대한 신뢰도가 아주 낮다는 것을 인터넷 댓글을 살펴보거나 주변 사람들과 조금만 대화하면 금세 알아차릴 수 있다. 그 이유는 정확히 알 수 없지만, 우리는 아주 조금 아는 분야를 마치 전체를 알고 있는 것처럼 이야기할 때가 많다. 그래서 의사의 진료를 믿을 수 없고, 판사의 판결을 믿을 수 없으며, 교사는 있지만 스승이 없다는 말을 쉽게 한다. 인테리어 업자들은 사기꾼이고, 건설업자들은 도둑놈이며, 모든 자영업자는 장사꾼이라는 말로 그들의 열정과 성실성을 한순간에 짓이긴다. 그들이 정말 믿을 수 없는 사람이기 때문인지, 내가 그들보다 낫다는 생각에서 비롯되는 것인지 한 번쯤 생각해 볼 필요가 있다.

개인의 노력 여하에 따라 전문적인 자격을 갖추지 않아도 얼마든지 전문가 이상의 실력과 능력을 갖추는 것이 가능해진 시대다. 하지만 그것이 진짜 전문가들이 쌓아 온 내공을 무시해도 된다는 근거가 될 수는 없다. 불신의 시대에서 신뢰의 시대로 나아가기 위해서는 이처럼 우후죽순으로 생겨나는 각종 매체에서 쏟아지는 목소리를 판별하며 들을 수 있는 능력과 노력이 필요하며, 전문가를 전문가로 인정해 주는 사회적 분위기가 필요하다. 전문가의 노력과 실력을 인정하고 비전문가의 다양한 시야와 경험이 신뢰를 바탕으로 어우러질 때 우리 사회는 더 믿을 수 있고 안전이 구축된 사회로 나아갈 수 있다. 불신이 기본값이 되지 않고 신뢰가 기본값인 사회가 구축될 때 더 많은 에너지를 아낄 수 있다. 그리고 그것은 개인의 발전과 사회 발전을 이끌 무한한 동력원이 된다.

말의 맥락, 말의 힘

말이라는 것은 참 복잡하고 신기하다. 언어적 표현은 거의 모든 순간 반대의 언어로 반박할 수 있다. 예를 들면 '피는 물보다 진하다'라는 말은 '가까운 이웃이 먼 친척보다 낫다'라는 말로 반박할 수 있다. 대부분 말이 이처럼 명확히 반대되는 말로 반박 혹은 대체될 수 있다는 것은 그만큼 인간의 삶이 다채롭고, 그렇기에 늘 충돌이 발생할 수밖에 없음을 뜻하기도 한다. 그런데 이런 모순적인 특징 말고도 언어를 신기하게 만드는 특성이 하나 더 있다. 바로 상황 맥락에 따라 너무도 다른 의미를 갖는다는 점이다. 모순적 언어가 서로 다른 언어 간의 무한한 대치를 의미한다면 상황 맥락에 따른 언어는 같은 언어의 무한한 변주라고 할 수 있다.

말은 말 자체로 정의할 수 없다. '사랑한다'라는 말을 한번 생각해 보자. "사랑해"라는 말이 우리 입을 통해 발화되는 순간은 언제인가. 우리의 한정적인 경험과 부족한 상상력을 최대한 발휘해 보자. 연인에게 품고 있는 터질 듯한 가슴속의 불덩이 같은 설렘과 보고 있어도 보고 싶고, 안고 있어도 안고 싶은 해갈되지 않는 그리움의 감정을 상대방이 알아주길 바라는 마음에 사랑한다고 말할 수 있다. 모든 것을 헌신하고 희생하더라도 자식에게 좋은 것을 전해 주고 싶은 부모의 마음도 사랑이라고 표현한다. 부모의 그런 마음을 깨닫고 감사와 후회의 감정이 섞여 뒤늦게라도 부모에게 보은하고자 하는 자식의 마음도 사랑이라고 할 수 있다. 이는 언어의 다의적 개념성이다. 세밀하게 들여다보면 미세한 차이가 있지만 큰 틀에서는 비슷한 방향성을 가지고 있는 언어의 형태. 그래서 언어는 같은 단어와 같은 표현이라도 상황에 따라 미세한 의미의 차이가 있다.

하지만 같은 사랑이라는 말도 전혀 다른 의미로 사용될 때가 있다. 스토커가 경찰 조사에서 범죄의 원인을 '사랑하기 때문'이라고 말하거나 아동학대 가해자나 성범죄자들의 입에서 나오는 '사랑'이라는 말은 앞에서 다룬 연인에 대한 사랑, 자식에 대한 사랑, 부모에 대한 사랑과는 완전히 결이 다르다. 이처럼 같은 말도 어떤 사람의 입에서 나오는지, 어떤 상황에서 나오는지에 따라 전혀 다른 말이 된다. 이는 언어의 동음이의적 특성 때문이다. 소리는 같으나 의미가 전혀 다르다는 뜻이다. 언어의 다의성과 동음이의성 모두 결국 중요한 것은 '맥락' 안에서 정확한 의미를 갖춘다는 점이다. 앞뒤 상황과 발화자, 그 외의 언어를 둘러싸고 있는 다양한 맥락을 정확히 파악해야 표현하고

자 하는 이의 의도를 정확히 알아차릴 수 있으며 오해가 없다. 문제는 우리가 인간인 탓에 모든 맥락을 정확히 파악해 내기 어렵다는 데 있다. 영화 〈기생충〉에서 기태(송강호 분)는 자식에게 이렇게 말한다.

최고의 계획이 뭔지 아니? 무계획이야 노 플랜, 계획대로 되는 게 없거든. − 〈기생충〉

이 장면을 보면서 굉장히 커다란 허무함과 허탈감 그리고 무한에 가까운 듯한 무기력을 목격한 듯해 먹먹한 슬픔이 차올랐다. 왜냐하면 기태는 비록 계획 없이 살아왔지만, 자식을 향해 "너는 계획이 다 있구나"라는 말을 던지며 계획을 추종하고 동경하는 것처럼 보였기 때문이다. 비록 부도덕하고 사회 규범에 어긋나는 계획이었을지언정 계획을 세워 차근차근 단계를 밟아가는 자녀들을 바라보며 흐뭇한 미소를 짓던 아비의 입에서 절체절명의 순간에 나온 해결책이 "노 플랜! 인생은 계획대로 되는 것이 아니다"라니. 간절한 눈빛으로 아비를 바라보던 자식들의 허망한 표정을 잊을 수가 없다.

한데 우리도 사실 일상에서 이런 말을 많이 사용한다. "인생

계획대로 되는 것 없어", "너무 재고 따지면서 살지 마", "순리대로 흘러가는 것이 인생이야." 이런 말을 들을 때면 보통 고개를 끄덕인다. 고개를 끄덕인다는 것은 그 의견에 동의하는 부분이 51% 이상이라는 말이다. 그렇다면 우리는 왜 계획대로 살지 말라는 말에 고개를 끄덕이면서 기태의 말에서는 짜증스러움과 한심함을 느끼는 것일까? 그 말을 뱉는 사람과 반화되는 상황이 뒤얽혀 생명력을 갖게 되기 때문이다. 가난, 무계획적인 삶, 위기의 순간을 외면하려는 태도, 쏟아지는 비 때문에 집을 잃은 상황 등 여러 부정적 요소가 뒤섞인 상태에서 '노 플랜'을 외치는 기태를 어여쁘게 바라볼 사람은 많지 않았으리라.

맥락을 바꿔 보자. 교황이나 워런 버핏, 빌 게이츠 같은 사람들이 기태가 한 것과 똑같은 말을 했다고 가정해 보자. 아니 가정이라고 할 필요가 없다. 그들은 분명 살면서 그런 말을 한 번쯤은 누군가에게 내뱉었을 테다. 말이라는 것은 돌고 도는 법이니까. 저들에게 그 말을 듣고 고개를 끄덕이지 않을 사람이 과연 몇이나 될까. 세계적인 종교 지도자나 글로벌 경제 리더라는 사람들이 인생은 노 플랜이라는데 누가 그 앞에서 "당신이 틀렸어"라고 과감하게 말할 수 있을까. 그들의 말이 무조건 맞기 때문이 아니다. 말에 '권위'가 부여되었기 때문이다. 말이라는 것은 그래서 절대적이지 않다. 같은 말도 누가 하느냐, 언제 하느냐에 따라 맞는 말이 되기도 하고 틀린 말이 되기도 한다.

맞는 말을 하고 싶다면 맞는 말을 하는 사람이 되어야 한다. 맞는 말을 하는 사람이란 '하루는 24시간으로 구성되어 있다' 와 같은 뻔한 소리를 하는 사람이 아니라, 말에 '권위'를 부여할 수 있는 사람이다. 자녀에게 책을 읽으라고 하려면 부모가 책을 읽어야 한다. 자녀가 공부를 잘하길 바란다면 부모도 공부해야 한다. 자녀가 좋은 사람이 되길 바란다면 부모도 좋은 사람이 되어야 한다. 도덕을 말하려면 도덕적인 사람이 되어야 하고, 정의를 말하려면 정의로운 사람이 되어야 한다. 하지만 쉬운 일이 아니다. 이것이 '권위'를 쉽게 세우기 어려운 이유다. 말이 앞설 때는 말에 힘이 없으나, 행동으로 증명할 때는 어떤 말을 하더라도 그 말은 옳은 말이 된다.

같은 곳에 서 있을 때

수많은 책과 격언이 자만심을 경계하고 겸손해지라고 끊임없이 이야기하는 것, 영화를 비롯한 대부분 스토리텔링 속에서 오만함을 악으로 규정짓는 것은 그만큼 인간이 본디 겸손과는 거리가 멀고 오만한 존재임을 방증하는 것이다. 그렇다. 인간은 본디 우월함을 추종하는 존재다. 우월함은 나의 영향력이 미치는 범위가 얼마큼인지를 통해 확인할 수 있다. 영향력은 나의 세계관, 나의 가치관이 타인에게 얼마나 거부감 없이 받아들여지느냐 하는 것이다. 그것은 여러 종류의 권력에서 비롯된다. 권력이란 사회적 지위일 수도, 남들보다 뛰어난 지력일 수도, 도덕적인 무결함일 수도, 빼어난 외모일 수도 있다. 즉 사람들이 갖추길 원하지만 갖추기 어려운 어떤 것을 갖추었을 때 권력이 형성되고, 그것은 인간에게 우월하다는 느낌을 가져다주며, 자아실현의 도구가 된다.

우월함이 자아실현의 도구가 된다? 이 무슨 오만한 소리일까? 나이를 먹는다는 것은 곧 자신의 세계가 점점 단단해지는 것을 의미한다. 우리는 이 단단해진 내면의 세계를 외부의 세계와 연결하고 싶어 한다. 아니 연결한다기보다는 나의 세계가 옳다는 것을 증명하고 싶어 한다. 그래서 인간 세계에서는 갈등이 멈추지 않는다. 자신의 세계가 옳다는 것을 증명하고자 하는 개인들이 끊임없이 부딪히기 때문이다. 오죽하면 만인에 대한 만인의 투쟁이라는 말이 나왔을까.

나와 다른 의견을 받아들이기 힘든 이유는 그간 쌓아 온 나의 세계가 부정당하는 것처럼 느껴지기 때문이다. 그리고 그것은 곧 나의 영향력이 미치는 범위가 제한되는 것으로 받아들여진다. 그래서 타인의 의견과 나의 의견을 조율해 나가기가 어렵다. 서로의 이익을 확장해 주는 비즈니스 세계에서는 이것이 가능할지 모르겠으나, 대부분 관계에서는 약육강식의 섭리가 적용된다.

그런 까닭에 우리는 나이를 먹을수록 외로워진다. 공고해진 나의 세계관은 나와 다른 세계를 만날 때 불편함을 느끼게 만들고, 나의 세계를 바르고 강력하게 구축한 사람일수록 타인과의 관계에서 불편함을 느끼는 빈도가 잦아진다. 왜냐하면 사람은 거의 모두 다르며 아주 일부분만 서로 일치하기 때문이다. 그리고 일치하는 부분보다는 불일치하는 부분이 먼저 보이고 많이 보인다. 이는 새로운 사람을 만났을 때는 물론이고, 기존에 알고 지내던 사람들과의 관계에도 그대로 적용된다. 그래서 우리는 성장하면서 가까운 사람들과 하나둘 멀어진다. 헤어짐의 대상은 때때로 가족이나 가장 친했던 친구가 되기도 한다.

전 세계 국가가 끊임없이 영토 확장을 위해 쉬지 않고 전쟁을 했던 이유 역시 시배사들이 사신의 우월함을 확인하기 위한 과정에 지나지 않는다. 노비는 평민이 되고 싶고, 평민은 귀족이 되고 싶으며, 귀족은 왕이, 왕은 황제가, 황제는 기어코 신이 되고 싶어 한다. 미국 대통령이 세계 대통령이라는 우스갯소리가 우습지만은 않게 들리는 것은 우리의 무의식 속에 약육강식의 논리가 자리 잡고 있기 때문이다. 신분과 계급이 사라진 이후에도 이러한 근본적인 인간의 속성은 변하지 않았다. 만족은 어렵고 우리는 항상 더 나은 미래, 더 상위의 무언가를 꿈꾸며 살아간다. 이는 삶의 동력이 되면서 동시에 삶을 고통스럽게 만든다.

사랑은 마주 보는 것이 아니라 같은 곳을 바라보는 것이라는 말이 있다. 처음 이 말을 들었을 때 무슨 말인지도 모르면서 '아하! 그렇구나!'라며 무언가 깨달은 체했던 것이 기억난다. 마주 본다는 것은 무엇이고, 같은 곳을 바라본다는 것은 무엇일까. 마주 본다는 것은 아마도 서로만을 바라본다는 뜻일 테다. 그것은 정열적인 행위로 비치고 현재에 충실하다는 뜻으로 읽힐 수도 있다. 너만 있으면 된다는 로맨틱의 극치일 수도, 세상에 너와 나만 존재한다는 듯한 몰입감을 주는 언어이기도 하다. 하지만 달리 생각해 보면 마주 본다는 것은 주변을 둘러보지 않는다는 의미일 수도 있다. 한 사람만 기울어져도 마주 보는 것이 어려워질지도 모르며, 자칫 둘만의 현재에 매몰되어 인생의 여러 가능성을 바라보지 못하게 될지도 모른다. 낭만적이지만 왠지 모를 불안함이 뒤따르는 것이 사실이다. 그렇다면 같은 곳을 바라본다는 것은 어떤 의미일까? 왜 마주 보는 것보다 같은 곳을 바라본다는 말에 사람들이 더 긍정적으로 반응하는 것일까. 사람마다 생각이 다르겠지만 이곳에서는 그 이유를 밝히기보다 문장을 조금 바꾸는 데 초점을 두고 싶다. 사랑은 같은 곳을 바라보는 것이기보다 같은 곳에 서 있는 일이다.

사랑은 같은 곳에 발을 디디고 서 있는 것이다. 마주 보느냐 같은 곳을 보느냐는 중요하지 않다. 중요한 것은 어디에 서 있느냐 하는 것이다. 모래사장에서 본 바다, 산 중턱에서 본 바다, 비행기에서 바라본 바다는 모두 다르다. 같은 바다를 바라보면서도 서로 다른 이야기를 한다면 그 관계는 오래 유지되기 힘들다. 앞에서 이야기한 것에 근거한다면 인간에게는 모두 자신의 세계를 확장하고 싶은 욕구가 존재하기에 서로 다른 곳에 서서 이야기하는 타인을 이해하기보다 자신이 바라보는 것을 이해시키려 들 확률이 높기 때문이다. 그것이 인간의 본능적인 욕구다. 하지만 같은 곳에 서 있다면 이야기가 달라진다. 서로 잠시 다른 것을 바라보더라도 같은 곳에 서 있기에 고개만 돌리면 무슨 이야기를 하는지 금세 알아차릴 수 있기 때문이다. 또한 같은 위치에서 바라보기 때문에 굳이 나의 세계를 덧씌워 가며 확장하려 애쓰지 않아도 나와 세계를 공유하고 있는 사람이라는 생각에 편안함과 동지애를 느끼게 된다. 확장해야 할 대상이 아니라 확장해 나가는 데 보탬이 되는 동지로 느껴지는 것이다. 우리는 그제야 상대방을 설득하는 것을 멈추게 된다.

미우라 켄타로의 『베르세르크』에 등장하는 그리피스라는 인물은 '친구란 무엇이냐'는 질문에 '나와 대등한 자'라는 답을 내놓는다. 다소 유치한 사춘기 소년스러운 감상이 섞인 대사처럼 들릴지도 모르겠지만, 어찌 보면 인생의 정답 가운데 하나일지도 모른다. 대등하다는 것은 경제력, 학벌, 지적 능력, 직업 등이 비슷하다는 의미가 아니다. 대등하다는 것은 서로가 서로를 인정하는 부분이 있다는 의미다. 너와 내가 전혀 다른 인간이지만 너의 그것만큼은 인정할 만하다는 존경의 마음, 서로에 대해 인정하는 부분이 있을 때 대등한 관계가 형성되며 유지될 수 있다. 유유상종은 과학이다. 같은 곳에 서 있을 때만 같은 무리가 될 수 있다.

잘게 쪼개어진 세상

"카카오 뷰? 이거 뭐지?"

카카오톡이 업데이트하면서 '카카오 뷰'라는 서비스를 선보였다. 이는 유명 인플루언서늘이 추천하는 콘텐츠를 개인이 구독하는 형식의 서비스인데, 요즘 대세인 유튜브나 각종 SNS의 흐름을 따라 개인의 취향에 맞는 콘텐츠를 제공하는 콘셉트인 듯하다. 이것을 보면 세상이 더 잘게 쪼개어지고 있다는 생각이 든다. 한 화면에 통째로 정보를 띄워 뉴스를 전달하던 포털 방식에서 벗어나, 유명 인플루언서가 추천하고 각자의 입맛에 맞게 구성된 채널 가운데 원하는 정보를 찾는 세상이 왔다.

기존의 매체 역시 누군가의 선택에 의해 정보를 배치하고 전달했기에 이미 정보의 불균형이나 편집된 정보를 부분적으로 습득할 수밖에 없다는 지적이 있을 수 있는 상황이었지만, 거기에서 한 걸음 더 나아가 이제는 아예 검증되지 않은 인플루언서들이 채널의 한 장을 차지해 버리고 말았다. 이를 긍정적으로 본다면 개인이 얼마든지 정보의 주체가 되어 생산자의 입장에 서게 되었음을 의미하겠지만, 반대로 생각해 보면 검증되지 않은 무수한 개인이 만들어 내는 편협할 수밖에 없는 조각난 세상 속을 헤엄쳐야 함을 뜻하기도 한다.

자본주의 사회에서 돈이 되는 우물을 파는 것을 무슨 수로 제지할 수 있을 것인가. 문제는 리드하는 사람이 아니라 그것을 따라가는 보통의 개인들이다. 이것이 왜 개인들에게 문제가 되는가. 예전에는 볼거리와 즐길거리가 다양하지 않았다. TV 프로그램이나, 유행하는 몇 권의 책이나, 그 시대의 시대정신 등에 관해 공통으로 관심을 가지고 이야기를 나눌 수밖에 없는 환경이었다. 하지만 지금은 어떤가. 볼거리와 즐길거리 등 온갖 놀거리가 넘쳐난다. 거의 모든 사람의 성향과 취향에 정확히 적용할 만한 놀잇거리가 다양하게 등장해 개인이 자신의 색깔과 성향을 더 정확히 찾아갈 수 있게 되었다. 그와 동시에 다양성과 개성을 기반으로 개인들이 아주 작은 단위로 쪼개어져 나간다.

이는 나와 다른 사람을 점차 이해하기 어렵게 만든다. 나와 공통점이 있는 사람의 수가 절대적으로 적어지고, 수가 적어졌다는 것은 그만큼 현실 세계에서 나와 비슷한 사람을 마주할 횟수가 줄어듦을 의미한다. 현실에서 나와 비슷한 사람을 마주할 기회가 적어진 사람에게 나와 다른 타인을 이해하는 능력을 기대하기란 어려운 법이다. 다름을 이해하려면 같음에서 비롯되는 공감이 선행되어야 하기 때문이다. 같음을 알지 못하는데 다름을 논하는 것은 순서가 맞지 않는다.

혹자는 온라인을 통해 나와 비슷한 사람들과의 교류가 더 쉬워졌다고 말할지도 모르겠다. 온라인의 힘이 강력하다는 것은 부인할 수 없다. 실제 많은 온라인상의 교류가 오프라인으로 이어지기도 하니 말이다. 다만 그러한 긍정적인 부분의 반대편에는 취향과 개성이라는 긍정적 용어 뒤에 숨어 있는 역기능이 도사리고 있다. 우리는 어쩌면 개성의 발현이나 소확행이라는, 누가 들어도 긍정할 수밖에 없는 몇몇 단어 뒤에 안전하게 숨어 개인의 파편화를 유도하는 큰 흐름을 인지해 내지 못하고 있는지도 모른다. 이는 수많은 개인이 외딴섬으로 들어가고 있는지도 모른 채 각자의 섬으로 들어가고 있는 것처럼 보인다.

광장으로 나와야만 나와 다른 존재들과 직면할 수 있다. 동굴 안에서는 내 생각을 더 정교하게 다듬고 깊이감을 만들어 내어 나와 뜻을 함께하는 동지들과의 관계를 돈독하게 할 수 있을지는 몰라도 확장과 변화는 결코 이뤄 낼 수 없다. 세계의 확장과 진화는 언제나 부딪침을 통해 탄생했기 때문이다. 더 잘게 쪼개어지는 세상 속에서 우리는 늘 어딘가 연결되어 있을 곳을 찾아야만 한다.

Chapter 4.

편안함에 이르길 희망하며

화의 메커니즘

"화가 난다. 화가 나!"

앵그리 버드라는 캐릭터를 사랑했던 것을 보면 우리 민족이 대단히 많은 화를 가슴속에 품고 있으며, 화에 관해 이야기할 것이 너무나도 많다는 것을 추측할 수 있다. 화를 낸다는 것은 나 혼자 독약을 먹고 다른 모든 사람이 죽기를 바라는 것과 같다. 그렇다면 화는 무엇이고, 화를 낼 때 우리의 몸은 어떤 상태가 되며, 도대체 언제 그리고 왜 화가 나는가.

화의 사전적 정의는 다음과 같다. "몹시 못마땅하거나 언짢아서 나는 성." 화는 우리 안팎의 어떤 자극이 마음에 들지 않을 때 내 안에서 발생하는 좋지 않은 에너지다. 화가 내 몸 안에 쌓이면 화병이라는 이름을 가진 질병을 유발할 정도로 우리 신체에 부정적인 영향을 끼치는 매우 몹쓸 형태의 신체 반응이다.

화병이라는 것을 그저 힘든 삶을 살아온 한 개인의 넋두리 정도로 생각한다. 하지만 화병은 실재하는 질병이다. 화를 내면 일단 아드레날린이 분비된다. 과분비된 아드레날린은 온몸의 혈관을 확장해 혈류가 잘 통하도록 길을 열어 준다. 혈관이 확장되면 혈액의 흐름이 빨라지는데, 이때 몸에서 활성산소가 가장 많이 생성된다. 아드레날린이 가진 독성과 활성산소의 독성에 의해 우리 몸은 노화와 손상이 진행된다. 이때 손상된 몸을 복구하기 위해 부신에서 코르티솔을 생성해 내는데, 코르티솔을 무리하게 생성하다 보니 부신에도 무리가 오게 되고, 부신이 제 기능을 다하지 못하게 되어 비만, 당뇨, 우울증 등 현대인의 만성 질병에 무방비한 상태로 노출되어 버리고 만다. 즉 화를 내는 행위는 과학적으로도 건강에 해롭다.

화를 낼 때 신체의 반응 중 아이러니한 것은 혈관이 확장되고 심장박동이 빨라져 온몸으로 피가 빠르고 많이 공급될 수 있도록 준비가 된 뒤 실제로 그렇게 작동하지만, 신체의 단 한 곳, 뇌만큼은 평소보다 피가 덜 공급된다. 이것은 생각을 덜 하게 하고 육체를 강하게 만드는 효과를 가져온다. 분노는 원시 시대의 생존 전략 중 하나였다. 야생 동물들과 맞닥뜨렸을 때 신체 능력을 향상하고 원초적으로 자기 몸을 지키기 위한 방어 수단으로 분노는 적절하게 사용되었다. 하지만 현대인들은 신체적으로 생존의 위협을 느낄 만한 위해를 받는 경우가 그리 많지 않기에 현대에는 어울리지 않는 방어기제이므로 분노를 적절하게 해소하는 방법이 필요하다. ― EBS 다큐 〈당신이 화내는 진짜 이유〉

그렇다면 우리는 왜 화를 내는가? 첫 번째 이유는 다양한 스트레스 상황이 쌓여 있기 때문이다. 컴퓨터의 메모리나 램이 부족하면 한꺼번에 처리할 수 있는 용량에 제한이 걸려 정체가 생기고, 멀티탭에 여러 선을 연결하고 동시에 작동시키면 합선되어 전원이 나가는 것처럼 우리 인간의 뇌도 사람마다 감당할 수 있는 정보와 감정의 용량이 있다. 이것이 순차적으로 해결되지 못한 채 여러 상황이 머릿속에 둥둥 떠다니면 인지 과부하, 소위 당이 떨어지는 상황이 발생해 화를 내게 되는 것이다. 그러므로 적절하게 주변의 스트레스 상황을 가지치기하는 것이 필요하다.

두 번째 이유는 문제의 원인이 외부에 있다고 생각하기 때문이다. 나에게 문제가 있다고 생각하는 사람은 타인에게 화를 내지 않는다. 속으로 삭이거나 혼자 화를 풀 다른 방법을 찾는다. 하지만 이 문제가 나의 잘못이 아니라 너의 잘못, 혹은 외부의 어떤 상황 때문에 발생했다고 생각하면 사람은 화를 내기 시작한다.

세 번째 이유는 좌절감 혹은 답답함을 느끼기 때문이다. 문제를 반복적으로 이야기해도 상대방의 태도가 바뀌지 않거나 나의 의견이 받아들여지지 않을 때 무력감을 느껴 분노한다.

화를 내는 이유가 앞에서 살펴본 것 때문이라면 그 이유의 원인은 어디쯤일까? 같은 상황에 처해도 모든 사람이 화를 내는 것은 아니다. 화를 잘 조절하는 사람이 있는가 하면 유독 화를 참지 못하는 사람이 있다. 그 원인을 찾아보면 타고난 기질적 원인, 여러 가지 환경적 요인, 그간 겪어온 경험적 요인 등 다양한 원인을 찾을 수 있는데 이 모든 것을 아우르는 공통점이 하나 있다.

바로 '어린 시절'에 관한 것이다. 즉 어린 시절에 좌절된 어떤 욕구나 상처와 관련이 있다. 최근 힐링과 자기 치유의 흐름을 타고 내면 아이의 소리에 귀를 기울이자는 목소리가 점차 커지고 있다.

화나는 일을 두고 '내 탓이오, 내 탓'을 외치며 자신을 갉아먹자는 이야기를 하려는 것이 아니다. 나의 잘못이 아닌 타인의 잘못으로 인해 화가 나는 상황도 다수 존재한다. 그런 것은 불가피한 영역의 문제다. 나의 영향력이 닿지 못하는 범위의 문제이기에 어찌할 도리가 없다. 내가 할 수 있는 것, 나의 의지와 의식으로 제거할 수 있는 분노에 관해 이야기하려는 것이다.

그러므로 성인이 된 이후에라도 마음을 돌아보는 훈련이 필요하다. 그렇게 우리를 화나게 하는 것의 근본적인 배경을 파악하고 그 원인과 화해해야만 화의 저주에서 벗어나 자유로워질 수 있다.

격양됨은 위태롭다

"내가 그때 왜 그랬지?"라는 생각이 들며 지난 순간을 후회할 때가 있다. 이렇게 뒤늦게 후회하는 이유는 격렬한 감정에 휩싸여 평소 견지하던 사고나 행동과는 동떨어진, 때로는 정반대에 자리한 행동을 해 버렸기 때문이다. 그런데 무슨 이유에서인지 그때는 그렇게 해야만 했고 그렇게 하지 않는 것을 상상할 수 없는 상태가 된다. 이런 상황을 두고 뭐에 씌었다거나 눈이 뒤집어졌다고 표현한다. 술을 먹어서 정신이 흐트러진 상태이거나 나이 듦에 따른 호르몬 변화로 인한 신체적 감정적 변화를 이야기하려는 것이 아니다. 그렇다면 무엇 때문에 이렇게 순간적으로, 정신을 차리고 있음에도 불구하고 그 찰나의 순간에 다른 사람이 된 것처럼 평소와 전혀 다른 행동을 하게 되는 것일까.

자식 앞에서 부모는 감정적으로 변하기 쉽다. 아이를 기르다 보면 아이에게서 나를 보게 되는 순간이 온다. 아이가 좋아하는 것이나 행복해하는 것처럼 긍정적인 부분을 통해 나를 만나게 되면 더없이 행복한 순간으로 각인되어 삶의 이유가 될 만큼 인상적인 장면으로 기억된다. 하지만 아이가 싫어하는 것, 두려워하는 것, 어려워하는 것 등을 바라보며 그것의 뿌리가 나로부터 비롯되었음을 인식하게 되는 순간 뭐라 형언하기 어려운 감정의 소용돌이에 빠지고 만다. 그것은 때로는 분노로, 때로는 미안함으로, 때로는 안쓰러움으로 모습을 달리하며 나타나다가 몇 가지 조건이 갖춰지는 어느 순간 갑작스레 폭발해 아이와 나에게 악영향을 끼치게 된다.

때때로 특정한 단어나 문장 앞에서 극도로 자제력을 잃기도 한다. 특정한 부정적 경험에 반복적으로 노출되다 보면 그와 유사한 상황이 발생할 때 유난히 예민하게 반응하는 것을 관찰할 수 있다. 예를 들면 "김씨 집안 남자들은 왜들 그래?"라는 말이나 "여자는 이러이러해야지"라는 식의 논리적으로 전혀 납득되지 않는 비난을 부모나 특정 가족으로부터 반복적으로 듣고 자란 사람은 성인이 되어서도 비슷한 단어나 문장 앞에서 자신의 감정을 잘 싸매어 두지 못하고 급하게 풀어 버리고 만다.

혹은 아버지나 어머니, 할머니, 할아버지, 고향 등 감정 깊은 곳에 어떤 단어가 연결되어 그 단어를 떠올리기만 해도 감정이 격해지는 경우도 있다. 아마도 그 단어에 얽힌 특별한 에피소드가 존재하거나 감정 깊숙한 곳에 어떤 이유로든 그 단어가 연결되어 있기 때문이다.

사람의 감정은 때때로 타인에 의해 선동된다. 히틀러는 대단한 달변가이자 선동가였고, 그의 카리스마를 바탕으로 한 매력에 선동되어 많은 국민이 이성적으로 판단하지 못하게 되었다. 우리 주변에는 이런 선동가가 늘 존재한다. 그들은 대부분 자신 혹은 자신이 속한 조직의 이익을 위해 대중을 선동한다. 정치인들은 자기 자신과 속한 당파의 정치적 우위를 점하기 위해, 유튜버나 인스타그래머나 틱토커 같은 인플루언서들은 돈으로 환원되는 영향력을 최대치로 끌어올리기 위해 각자의 방식대로 대중을 선동하는 데 혈안이 되어 있다. 대중을 선동해 이익을 극대화하는 데 사용하는 도구는 다양하다. 때로는 언론이, 때로는 문화예술이 그 역할을 수행하며 이용되기도 한다. 일상에서 선동으로 인해 가장 위험해지는 상황은 언제나 그렇듯 주변에 있는 누군가로부터 시작될 때가 많다.

이처럼 우리는 자신의 트라우마를 마주하거나, 특정 매개물로 인해 마음속 깊은 곳에 있던 감정이 건드려졌을 때, 혹은 선동가에 의해 감정을 조종당할 때 감정의 폭발을 경험한다. 이 외에도 무수히 많은 트리거가 우리의 눈을 어느 때고 뒤집어 놓으려 호시탐탐 기회를 엿보고 있다. 이렇게 감정이 폭발하는 순간을 경계해야 한다. 살면서 겪는 대부분 문제가 바로 그 순간 발생하기 때문이다. 격양이라는 감정은 때때로 호기로운 영웅을 만들어 내기도 하지만 대부분 위태로운 희생양을 양산한다.

모든 해방은 당사자로부터 비롯된다

1968년 미국의 베트남 침공에 항의하며 학생들을 중심으로 프랑스에서 시작된 반전 운동은 그 규모가 점차 커지며 사회 전반에 걸쳐 다양한 형태의 사회운동으로 확장되었다. 그로 인해 기존에 사회 질서라고 여겨졌던 각종 억압에 대하여 항거하는 사회적 분위기가 형성되었는데 이것은 남녀, 인종, 신분, 종교, 교육 등 사회 전반에 걸쳐 광범위하게 확장되어 모든 형태의 억압으로부터 해방이라는 슬로건을 필두로 68운동이라 불리며 전 세계적인 운동으로 확산된다.

– 『우리의 불행은 당연하지 않습니다』, 김누리

『우리의 불행은 당연하지 않습니다』의 저자 김누리 교수는 이 지점에서 한 가지 주목할 만한 이야기를 던진다. 어떤 종류의 억압이든 사실상 모든 종류의 해방은 당사자가 쟁취해 냈다는 점이다. 즉 해방을 쟁취하는 것은 누구도 대신해 줄 수 없는, 결국 스스로 해내야 하는 숙명과도 같은 일이라는 것이다. 가끔 예외적으로 자력으로 쟁취하지 않아도 외부의 힘으로 인해 억압으로부터 해방되는 경우가 존재하기도 한다. 하지만 설령 그렇다고 한들 해방을 위한 자신의 노력이 없었다면 외부의 도움으로 인한 해방은 진정한 해방이 되지 못하고 일시적이거나 혼란을 품은 해방에 그치고 만다. 자신의 삶을 옥죄는 유무형의 억압에서 벗어나기 위해서는 스스로 저항하는 것 말고는 달리 기댈 곳이 없다. 이는 인종 차별이나 신분 제도처럼 전 지구적으로 발생했던, 혹은 발생하고 있는 거대한 억압에만 해당하는 일이 아니다. 개개인이 겪고 있을, 작다면 작은 각종 억압에서 벗어날 방법 역시 마찬가지다. 누군가가 나서서 나 대신 가려운 곳을 긁어 주는 일은 절대 일어나지 않는다.

우리는 살면서 많은 억압을 경험한다. 인생은 생각대로 되지 않기에 재미있는 것 아니겠냐는 말도 있지만, 사실 생각대로 되지 않기에 재미있는 일보다는 생각대로 되지 않아서 힘든 일이 훨씬 많다. 그런데 이런 억압을 통해 느끼는 답답함이 단순히 내 생각과 다른 데서 느끼는 답답함이라면 차라리 축복일 수 있다. 답답함을 버티다 버티다 끝끝내 못 버티겠다면 내 생각을 바꾸기만 하면 문제가 해결될 테니 말이다. 내 생각을 바꾸는 것이 쉬운 일은 아니지만 어쨌든 답답함을 해소할 방법이 존재한다는 것만으로도 충분히 위안 삼을 수 있다.

그러나 이 답답함이라는 것의 실체가 피할 수 없는 거대한 벽처럼 나를 둘러싸고 있어 명확한 답을 알 수 없을 때는 참으로 무섭고 암담해진다. 해방은 그래서 생존을 위해 필수적이지만 때로는 목숨을 걸어야 쟁취할 수 있을 만큼 먼 곳에 있다.

　자신의 힘으로 극복해 내기 힘든 고난과 역경을 마주할 때 사람은 의지할 곳을 찾는다. 종교나 멘토, 책이나 명상 등에 의지하며 외부에 존재하는 무언가로부터 답을 찾기 위해 정신과 마음을 쏟아붓는다. 〈안녕하세요〉라는 프로그램이 끝없이 재방송될 만큼 인기를 끌던 시절이 있었다. 이 프로그램 외에도 사람들이 자신의 힘듦을 드러내며 치유하고자 하는 프로그램이 무수히 존재한다. 〈힐링캠프〉나 법륜스님의 〈즉문즉설〉이 대표적인 사례이며, 그 흐름은 〈무엇이든 물어보살〉과 〈아이 컨텍트〉로 이어지고 있다.

　개인의 고통이 나날이 커지고 이를 표출하고 해결하고자 하는 욕망이 강해지는 시대적 흐름에 발맞추어 그들의 고통에 공감하고 치유의 방식을 제시해 줄 다양한 엔터테이너적 기질을 갖춘 멘토들이 미디어에 등장하기 시작했다. 그들은 때때로 김창옥이나 김제동처럼 따뜻한 눈빛과 말을 건네며 위로를 전하기도 하고, 강신주나 김미경처럼 호되게 꾸짖으며 정신 차리라고 일침을 가하기도 한다.

누군가의 이야기에 귀 기울이든지, 어떤 종교의 힘에 의지하든지 결국 나의 문제는 내가 해결해야 한다. 우리는 고난을 겪을 때면 자신도 모르는 사이 신적 존재의 도움을 기대하게 된다. 나의 수고로움이 필요 없는 가장 손쉬운 방법이기 때문이다. 때로는 운이 좋아 외부의 도움을 받을 수 있을지 몰라도 그것이 절대적인 정답이 될 수는 없다. 백인이 흑인 차별 철폐를 외치고 귀족이 신분제 폐지를 주장하기 힘들듯이 우리를 억압하는 개인적인 문제는 다른 누군가가 해결해 줄 수 없다. 이타심이 부족해서라기보다는 인간은 본래 자기 일 이외에는 크게 관심이 없기 때문이다. 그런 의미에서 자기 해방은 스스로 쟁취해야 하는, 어쩌면 일생을 건 도전이 될지도 모를 일이다. 비록 시간이 오래 걸리고 힘든 일이라고 할지라도 우리는 그 길을 걸어가야 한다. 그것만이 나의 세상을 자유롭게 하고 온전한 삶을 시작하게 한다. 억압으로부터 자신의 삶을 해방하고 당당하게 개선문을 통과하며 미소 지을 미래의 자신을 위해 끊임없이 용기를 불어넣을 필요가 있다.

Why 말고 How

"네가 보여 준 것은 사랑이었는데, 나는 그것을 구속이라 부르고 있었구나."

보는 사람에 따라 다르게 보이는 그림을 활용해 사람의 심리를 파악하는 심리검사 방법이 있다. 다소 차이는 있지만 착시 현상 역시 사람마다 특정 대상을 달리 본다는 측면에서 공통점이 있다. 같은 것을 두고 다르게 바라보는 것은 무엇 때문일까.

A4용지를 반으로 나누어 한쪽에는 파란색, 다른 한쪽에는 회색빛이 도는 아이보리색을 칠한 이미지가 있다. 이 이미지를 보고 한 사람은 바다라고 말하고, 다른 한 사람은 시골집의 철로 만든 대문이라고 답한다. 왜 같은 것을 보고도 서로 다른 이야기를 하는 것일까? '그냥 그렇게 보였으니까 그런 것'이다. 그렇다. 머리로 복잡하게 생각하고 계산해서 그렇게 바라본 것이 아니라, 보는 즉시 그렇게 보인 것이다. 그렇다면 그냥 보이는 것에서 왜 사람마다 이런 차이가 생기는 것일까? 개개인이 그간 겪어 온 삶의 경험이 다르기 때문이다.

피아제는 복잡한 세상을 살아가기 위한 도구로 동화와 소절을 이야기했다. 외부에서 새로운 지식을 접할 때 나의 기존 지식과 경험(스키마)에 맞춰 해석하는 것이 동화이고, 외부의 새로운 지식이 나의 기존 지식과 경험에 맞지 않을 때 나의 지식을 재조정하는 것을 조절이라고 정의했다. 조절보다는 동화가 더 쉬운 방식이기에 우리는 동화, 즉 내 경험에 비추어 세상을 바라보는 일이 더 많다. 이런 가정을 바탕으로 위의 사례를 다시 생각해 보자.

위에서 말한 이미지를 보았을 때 비슷한 색감이나 형태를 가진 시골집 문을 본 경험이 있는 사람은 시골집 대문이라 대답했을 것이다. 본인의 경험에 새로운 정보를 연결한 것이다. 바다라고 대답한 사람 또한 마찬가지다. 몇 가지 색의 그러데이션이나 색감의 경계가 바다에서 보았던 경험을 떠올렸을 것이다. 그렇다. 경험은 이처럼 세상을 전혀 다른 방식으로 바라보도록 유도하며, 경험하지 않은 것을 이해하기는 불가능에 가까운 일이다.

아는 것이, 해 본 것이, 봤던 것이, 먹어 본 것이, 우리가 경험해 본 것이 다양하고 깊을수록 세상을 다양한 각도에서 바라보고 이해할 수 있다. 똑같은 그림을 보고 똑같은 음악을 들어도,

영화에서 흘러나와 스쳐 지나가는 한 줄의 대사를 듣고도 친구들과 나누는 사소한 이야기 속에서조차 우리는 서로 다른 생각과 감정을 떠올린다. 경험은 삶의 농도를 진하게 한다. 즐거움도, 행복함도 더 풍요롭고 다채롭게 느끼며 살아갈 수 있다. 이것이 우리에게 다양한 경험이 필요한 이유다. 하지만 삶의 농도가 진하다는 것은 때때로 단점이 되기도 한다. 다양한 것을 깊이 이해할 수 있기에 타인의 아픔과 고통을 보통 사람보다 더 절절하게 공감하기 때문이다. 이런 사람들은 굳이 그럴 필요가 없는 일까지 깊이 공감하며 나의 일인 듯 함께 슬퍼한다. 혹은 나의 일처럼 발 벗고 뛰어들어 타인의 인생에 관여하는 삶을 살기도 한다.

다양한 경험을 통해 깊은 공감 능력을 체득한 사람만이 그 고통을 해결하기 위해 한 걸음을 내디딜 수 있다. 극심한 가난을 경험해 본 사람만이 눈물 젖은 빵의 의미에 깊이 공감할 수 있고, 고된 노동자의 삶을 최소한 간접적으로나마 경험해 본 사람만이 전태일 평전의 의미를 곱씹으며 읽을 수 있다. 빈곤 문제, 환경 문제를 개선하기 위해 삶을 바쳤던 적극적인 활동가나 위대한 문학 작품을 남긴 예술가의 삶을 살펴보면 비극적 경험이 반드시 존재한다는 공통점이 있다. 이는 모두 경험만이 잉태할 수 있는 소중한 인간의 유산이다.

그러므로 우리는 경험하고 체험하며 감각을 넓혀야 한다. 그
것이 나와 세상 모두에 이로운 일이기 때문이다. 이처럼 경험은
마치 현미경으로 세상을 바라보도록 돕는 역할을 한다. 우리는
매일 같은 것을 보지만 서로 다른 생각을 하며 살아간다. 사람에
대한 평가뿐 아니라 불어오는 한 점 바람에까지 서로 다른 것을
느끼며 살아간다. 음악, 음식, 물건, 상황, 우주의 생성 원리에
이르기까지 우리를 둘러싸고 있는 모든 것에 대해 끊임없이 각
자의 기준으로 판단하며 살고 있다. 이런 과정에서 다른 사람과
의 생각 차이가 발생하는 것은 당연한 일이다. 그렇기에 '왜 이
렇게 같은 것을 봐도 생각이 다를까?'를 고민하는 것은 별 의미
가 없다. 이는 마치 부모가 자식을 사랑하는 것처럼 당연하기 때
문이다. 그러므로 생각이 다른 사람과 마주할 때는 '어떻게 해야
좋을까?', '나에게 어떤 경험이 부족한 것일까?'를 고민하는 편
이 훨씬 현명하고 효율적인 대안을 도출해 낼 수 있다.

요즘은 무엇이 눈에 들어오나요?

첫 직장에 정식 발령을 받고 인생 첫 번째 자동차를 장만했다. 그전까지는 대중교통을 이용하다 보니 차에 전혀 관심이 없었다. 게다가 차에 문외한이었던 터라 자동차가 부여하는 가치와 편의사양, 가족 구성원의 니즈나 쓰임새 등 차를 구매할 때 고려해야 할 다양한 측면을 살피기보다는 그저 가용할 수 있는 범위의 비용 안에 들어오는 SUV 자동차, 그리고 내 머릿속에 매우 튼튼한 이미지로 각인된 자동차를 구매했다. 그렇게 코란도를 구매했다.

한데 자동차를 사서 타고 다니다 보니, 그전에는 눈에 들어오지 않던 코란도가 그렇게 눈에 많이 띌 수가 없었다. 아니! 이렇게 코란도가 많았단 말인가? 자동차 판매 순위를 살펴보면 쌍용은 현대, 기아에 밀릴 뿐 아니라, 벤츠나 BMW 아우디와 같은 외제 차 판매량에도 밀리는 수준이다. 다시 말해 현대, 기아, 벤츠, BMW, 아우디가 눈에 더 많이 띄면 많이 띄었지 쌍용 코란도가 눈에 많이 띌 확률은 통계적으로 말이 되지 않는 소리다. 그런데 왜 내 눈은 다른 자동차들은 자동 필터링하고 유독 코란도만 선별적으로 받아들인 것일까.

그것이 내 것이었기 때문이다. 객관적으로 내가 가진 것보다 더 좋은 것이 많다는 사실을 판단하지 못할 만큼 인지능력이 떨어지는 사람은 많지 않다. 다만 사람의 인식 능력은 객관적인 지표와는 별개로 작동될 때가 많다. 내가 가진 것이 좋아 보이고, 내가 가진 것과 비슷하거나 어떤 형태로든 나와 관계있는 것을 더 쉽게 발견하는 것이 인간 지각 능력의 기본 작동 원리인 것 같다. 다시 말해 인간은 나와 비슷한 것, 내가 아는 것을 더 쉽게 발견한다.

이와 비슷한 경험은 무수히 많다. 음식에 취미를 가지고 이것저것 만들어 먹기 시작하자 그전에는 그저 풀과 고기로 구분되던 식재료들이 좀 더 세부적으로 눈에 들어오기 시작하고, 전에는 관심 없던 요리 프로그램에 채널을 멈추고 한동안 멍하니 바라보다가 신기한 조리법이 나오면 감탄을 내뱉기도 한다. 저가의 코트만 사서 입다가 값이 꽤 나가는 코트를 몇 벌 구매해 입어 보니 자연스레 옷감의 종류와 혼합 비율에 따라 어떤 형태와 재질과 느낌을 내는지 알게 된다. 큰 비용을 지출할수록 아깝다는 생각이 들지 않게 자신을 합리화할 필요가 있고, 합리화하기 위해서는 필연적으로 공부하게 될 수밖에 없다.

보는 눈이 생긴다는 것은 꼭 소비적인 측면에서만 발생하는 현상은 아니다. 글을 쓰고 싶은 사람의 눈에는 다른 사람들의 글이 눈에 들어올 것이며, 유치원 선생님이 꿈인 사람은 TV에 나오는 유치원 선생님들에 관한 뉴스에 더 신경을 쏟게 된다. 건물주가 꿈인 사람에겐 도시의 모든 건물이 하나하나 눈에 들어올 것이고, 머리를 잘라야 하는 사람의 눈에는 무수히 많은 미용실이 보여 어디서 머리를 자를지 한참 고민하게 될지도 모른다.

이처럼 무언가가 내 눈에 들어오기 시작했다는 것은 의도치 않게 마음을 빼앗겼거나, 의도적으로 마음을 주기 시작했다는 의미다. 어떤 대상에 한 번 마음을 내어주는 것은 세월이 흐르더라도 내 머릿속에 오랫동안 각인되어 남아 있게 될 기억의 한 페이지를 채우는 것과 같다. 이런 것을 하나하나 쌓는 일이 바로 취향을 구축하고 추억을 품고 연륜이 스미는 과정이라 할 수 있다. 나는 지금 무엇을 바라보며 살고 있는가. 지금 내 눈에 들어오기 시작한 것은 무엇인가. 그것이 쌓여 앞으로 나는 어떤 사람이 되어 갈 것인가.

다 때가 있다

아이를 낳아 기르다 보니 아이의 행동 하나하나에 울고 웃는 다는 말이 무슨 말인지 알 것 같다. 어제까지 한 번도 보여 준 적 없던 행동을 하는 순간이면 우리 아이가 특출 난 것은 아닌 가 싶어 당장이라도 영재교육원을 알아봐야 하나 싶다가도, 이 맘때쯤이면 해야 한다는 일종의 통과 의례 같은 행위를 선뜻 보 여 주지 않는 날이 계속되기라도 하면 우리 아이가 좀 늦는 것 은 아닌지 걱정스러운 마음이 든다. 이렇게 걱정스러운 마음과 마주하게 되는 순간이면, 모든 것엔 다 때가 있다는 말을 되뇌 며 스스로 진정시킨다.

중·고등학생, 아니 심지어 초등학생밖에 되지 않았음에도 불 구하고 일찍 이성에 눈을 뜨는 아이들이 있다. 풋내 나는 사랑 놀이라고 치부하기엔 너무도 진지해서, 자칫 장난치고 싶은 마 음에 놀리기라도 했다가는 이글거리는 아이의 눈빛을 마주하며 겸연쩍게 뒤통수를 긁어야 하는 불상사가 발생할지도 모른다. 아이들의 편지에는 때때로 성인이 쓴 게 아닐까 싶을 정도로 나 이를 가늠할 수 없는 섬세한 감성이 스며들어 있기도 하다. 그 들의 사랑은 결코 성인의 사랑과 다르지 않다. 오히려 순수함이

나 모든 것을 내어줄 수 있을 것 같은 희생적인 마음은 어쩌면 성인의 사랑보다 더 위대하고 고결할지도 모를 일이다. 하지만 일찍 사랑을 배웠다는 것이 앞으로 다가올 다른 사랑에 대한 완벽함을 담보할 수 있을까? 생물학적으로 두 눈이 온전히 제 기능을 유지한다는 이유만으로 우리는 눈을 뜨고 살아가고 있다고 생각하지만, 기실 그렇지 않은 때가 많다. 이치를 깨닫는 것과 안구 인지 능력 사이의 상관관계가 그다지 깊지 않은 탓이다.

달고 짜고 매운 음식을 좋아하다가 나이를 먹으면 심심한 음식이 더 당기는 것처럼 어떤 변화는 신체의 노화와 함께 찾아온다. 어린 나이에 죽음을 경험한 사람들은 삶의 진리에 조금 더 일찍 다가선 것처럼 보이는데, 그들의 통찰은 시간의 흐름과는 전혀 무관해 보인다. 이처럼 인간은 각자 서로 다른 시기에 서로 다른 것에 눈을 뜬다. 때로는 일찍, 혹은 늦게 어떤 것에 대해서는 평생 눈을 뜨지 못한 채 살아가기도 한다. 자아, 사랑, 용서, 경제관념, 인간관계, 진로, 직업관, 음악, 미술, 역사, 철학, 과학, 신학, 이런 것들을 총칭해 나의 안과 밖을 둘러보는 세계관이라 칭할 수 있다면 인생은 세계관을 확립해 나가는 과정이라 해도 무방하겠다. 어떤 세계관을 가지고 있으며 어떻게 확장하고 있는가. 어떤 것들에 새롭게 눈을 뜨고 있으며 얼마만큼 그것을 깊이 바라보고 있는가. 새롭게 관심을 기울이는 것은 무엇이고 이제는 무엇으로부터 관심을 거두어들이고 있는가.

모든 것에 관심을 가질 수 없고, 모든 것을 알 수도 없다.

'인생은 선택의 연속'이라는 말과 '다 때가 있다'는 말은 어찌 보면 일맥상통한다. '때'라는 것은 결국 우리의 선택과 동시에 시작되는 시점이다. 무언가를 선택하는 순간이 바로 때가 무르익은 순간이다. 그런 의미에서 적절한 시기라는 것은 결국 그것을 선택하기로 결심한 순간을 의미한다. 조급해하지 말자. 고기도 먹어 본 놈이 잘 먹는다는 말이 있지만, 평생을 채식주의자로 살아온 사람이 고기를 먹기로 결심하는 순간 오래도록 먹어 온 놈보다 더 잘 먹는 놈이 될 수도 있다.

우리가 서로를 늘 선배로 바라볼 수 있다면

글쓰기를 배우러 한 달에 한 번 대구에 간다. 내가 사는 곳과 꽤 거리가 먼 그곳을 알게 된 것은 SNS를 통해서였다. 글쓰기, 책 쓰기와 관련된 영상과 계정들을 며칠 살펴보았더니 귀신같이 글쓰기, 책 쓰기 특강과 관련된 광고가 하나둘 떠오르기 시작했다. 그렇게 이것저것 살펴보던 중 월 1회 오프라인 모임이 있고 1년간의 수업이 끝나면 공동 저자로 책을 한 권 출판할 수 있다는 커리큘럼에 나도 모르게 손가락이 수강 신청을 클릭했다.

사실 이미 유명한 베스트셀러 작가가 운영하는 카톡방에도 들어가 있고, 자신의 책을 수십 권 출판한 것으로도 모자라 일반인들의 출판을 돕고 있으며 출판업계에서 잔뼈가 굵다 못해 자기 입김이면 출판사조차 꼼짝할 수 없다는 식으로 이야기하는 사람의 특강도 들어 봤다. 책을 내고 싶다는 열망은 그렇게 유명하다는 사람들이 운영하는 플랫폼으로 발을 움직이게 했다. 하지만 결국 끝에 가서는 엄청난 돈을 요구하는 책 쓰기 강사들의 커리큘럼에 슬슬 지칠 대로 지쳤고, 부족하더라도 혼자 힘으로 출판사 문을 두들겨 보기로 결심했다. 그렇게 이 책 저 책 뒤적이며 투고와 출판 전반에 걸친 자료를 찾아 어렵사리 출판 계획서라는 것을 작성했고, 출판사 50여 곳에 투고했다. 얼마간 시간이 흘렀지만, 계약하고 싶다고 답변이 온 곳은 하나도 없었다. 거절 이메일 매뉴얼이라도 있는 듯 천편일률적인 답변이 서로 다른 출판사에서 앞다투어 날아왔다. 출판사가 내 글을 볼 때도 이런 기분이었을까. 출판사들의 비슷한 거절 이메일을 하나씩 읽으며 출판사의 입장에 급격하게 공감이 됐다. 그렇게 약간 맥이 빠져 있던 찰나에 우연히 알게 된 대구의 한 글쓰기 공간은 이유는 모르겠지만 뭔가 다를 것 같다는 느낌이 들었다. 왜 그랬을까. 글쎄, 이유를 생각해 봐도 특별한 것이 떠오르지는 않는다.

그렇게 발을 담근 글쓰기 공간에서 그곳의 호스트이자 글쓰기 강사인 선생님이 수강생들끼리 서로를 선배님이라 부르자고 제안했다. 선배님? 서로를 부르는 호칭을 정하는 모임이 있었던가. 하긴 얼마 전에 들었던 교육청 글쓰기 연수에서 우리 팀을 이끌었던 한 작가님은 이름 대신 필명을 정해 모임이 운영되는 동안 서로 필명으로 부르자고 했다. 필명을 통해 자신이 글을 쓰는 이유를 조금 더 명확히 할 수 있고, 미리 작가가 되어 다른 사람들에게 불리는 경험도 하고, 내가 아닌 익명의 누군가가 되어 좀 더 솔직하게 글을 쓸 수 있으리라는 기대를 하는 등 필명으로 서로를 부를 때 얻는 효과가 작지 않다는 점에서 작가님의 제안은 나름대로 의미가 있었다. 그런데 이번에는 서로를 선배님이라고 부르자니, 이건 또 어떤 의도인지.

나이를 떠나 인생이라는 플랫폼 안에서 우리는 어느 분야에서든 서로가 서로에게 선배가 되어 줄 수 있기에 적어도 글을 쓰는 이 공간 안에서만큼은 서로를 선배로 존중해 주자는 설명에 세상을 바라보는 작가의 따스한 시각이 느껴졌다. 그렇게 서로가 서로에게 선배가 되는 경험은 새롭고 신선했다. 선배라고 불릴 만한 자격이 있는지는 스스로 돌아봐야 할 일이지만, 선배라는 호칭에 어울리는 사람이 되기 위해 수업에 진심으로 참여하지 않을 수 없다는 점은 고무적이었다.

선배라는 단어가 품고 있는 의미는 자못 단단하다. 먼저 같은 길을 걸어 본 사람, 그러하기에 의지할 수 있고 무언가를 배우고 싶은 사람, 내가 알지 못하는 어떤 것을 알고 있을 것 같고 내가 겪은 감정을 먼저 겪어 봤을 것 같은 사람, 그러하기에 한없이 내 편이 되어 줄 것 같은 사람. 사실 선배답지 않은 선배가 얼마나 많던가. 선배다운 선배를 만나는 것은 그래서 인생의 커다란 행운이다.

얼마 전에 이전 학교에서 함께 근무했던 선배 교사가 책을 한 권 선물해 주었다. 『다정한 것이 살아남는다』라는 제목의 따스해 보이는 책이었다. 힐링스러운 표지와 제목과 달리 온갖 연구를 기반으로 한 과학 기반 인문학책이라는 점이 혼란스러웠지만, 제목 하나만큼은 인상적이었다. 아직 책을 읽지는 않았지만, 제목을 통해 책이 전하고자 하는 말을 충분히 짐작할 수 있었다. 그리고 그 주장에 동의한다. 다정한 것들, 다정한 사람들은 강해질 수밖에 없다. 따스함은 그 자체로 사람을 녹아내리게 하고 녹아내린 부분은 촛농처럼 서로 얽혀 금세 끈끈하고 단단한 새로운 형태의 관계를 형성한다. 비록 처음에 가졌던 모양과는 달라졌을지언정 그것은 분명 단단함을 보존한다.

우리가 서로를 늘 선배로 바라볼 수 있다면 얼마나 좋을까. 시기와 다툼과 분쟁과 분노가 결코 발을 붙일 수 없는 따스함의 땅, 그곳은 아마 존재하지 않는 이상향일지도 모른다. 설령 그렇다 하더라도 아이들에게 비밀 아지트가 필요하듯 어른들에게도 따스함의 땅이 필요하다. 그곳은 회복의 공간이자 생성의 토양이며, 세상에 베풀 힘을 길러 주는 든든한 아군인 까닭이다. 어른들에게도 그런 공간이 하나쯤은 필요하다.

불편하면 불편하다고 하자

대학 시절 선배들에게 괴롭힘당하던 후배를 도운 적이 있다. 하지만 후배의 한마디에 그를 돕고 싶다는 생각이 사라졌다. "나는 괜찮으니까 그냥 가던 길 가." 그에게도 여러 이유가 있었겠지만, 자신을 돕기 위해 발 벗고 나서는 이를 기어코 뿌리치며 스스로 암흑의 구렁텅이로 걸어가는 모습을 이해할 수 없었다. 더 슬펐던 일은 괜찮다던 후배가 결코 괜찮아 보이지 않았다는 것이다. 술에 취하면 선배들에 대한 불만을 터뜨리기 일쑤였지만, 그 후배는 시간이 흘러 선배가 되자 자신이 당한 것을 그대로 재현하는 또 다른 가해자가 되었다.

화는 물과 같아서 아래로 흐른다. 자신보다 약한 존재에게로 흐르고, 크게 저항이 없을 만한 길을 따라 흐르고 흘러 새로운 곳에 고인다. 그렇게 내면의 화는 큰 저항이 없어 보이는 약한 존재에게 흐른다. 이는 대물림이다. 모든 대물림이 그러하듯 화의 대물림 역시 그것을 끊어 내는 것은 자신의 의지에 달려 있다. 의지가 없는 사람은 자연의 순리대로 자신보다 약한 사람에게 화를 풀 수밖에 없다. 오직 의지가 있는 사람만이 순리를 거스를 수 있다.

순리를 거스르는 일은 자연스럽지도 않고 긍정적이지도 않지만, 화의 생성과 전달의 메커니즘에 관한 순리에는 다소 저항해야 할 필요가 있다. 저항은 새로운 질서 확립에 필수 불가결하다. 불편하다고 느끼는 것에 대해 개선 가능성을 들여다봐야 한다. 그러려면 내가 불편하게 느끼는 이유를 가만히 생각해 보고, 그것을 정돈해 입 밖으로 꺼내야 한다. 이것이 분노와 불편을 다루는 올바른 방법이다. 이러한 행위는 화를 확대 재생산하지 않는다는 측면에서 공공선의 확장이며, 불필요한 일에 에너지를 쏟는 것을 줄일 수 있다는 차원에서 개인의 자유에 한 걸음 가까워지는 일이다.

모든 것은 마음먹기에 달려 있다는 말, 부처님 눈에는 부처가 보이고 개 눈에는 똥만 보인다는 말, 답은 네 안에 있다는 말. 모두 맞는 말이지만 때에 따라 한 사람 안에 끓어오르는 분노를 홀로 삭이게 만든다. 이런 부류의 말은 불만을 표현하는 사람을 마음가짐이 올바르지 않은 사람, 부처보다는 개에 가까운 사람으로 만드는 탄탄한 언어적 바탕이 된다. 그리하여 대부분 온건한 평화주의자들은 이런 언어의 족쇄에 갇혀 화가 나도 화를 내지 못하고, 기분이 나빠도 사람 좋아 보이는 웃음으로 대충 그 상황을 때우는 것으로 불편한 상황을 모면하려 애쓴다.

화는 반드시 화나게 만드는 대상과 대면해 해결해야 한다. 나를 화나게 만든 대상이 가난이라면 가난과, 부모라면 부모와, 상사라면 상사와 싸워야 한다. 그래야만 생성된 화를 온전히 소멸시킬 수 있다. 가난 때문에 화가 났는데 연인과 다툴 필요가 없고, 부모 때문에 화가 났는데 친구와 다툴 필요가 없으며, 상사 때문에 화가 났는데 후배와 다툴 필요가 없다. 그래 봐야 생성된 화는 그 자리에 그대로 남아 있을 뿐이다. 화가 난다면 화나게 만든 대상에게 화를 내야 한다. 화가 나는데 애써 웃음을 짓는 것은 종로에서 뺨 맞고 한강에 가서 눈 흘길 준비를 하는 꼴밖에 안 된다. 이런 방식으로는 문제를 해결할 수 없을 뿐 아니라 반드시 어딘가에 화풀이하게 된다. 제대로 화낼 줄 아는 사람이 제대로 웃을 줄 아는 법이다. 불편하면 불편하다고 하자. 한번 사는 인생 남들 눈치만 보다가 좋은 세월 다 보낸 뒤에 후회해 봐야 무엇할 것인가. 그동안 불편한 마음을 느끼는 나를 달래는 일에 많은 에너지를 썼다면, 이제는 남들에게 미안해하지 말고 나에게 미안해하자. 불편함을 느끼게 만든 대상에게 불편함을 품는 것을 미안해하지 말자.

그리고 용기를 내서 외쳐 보자.

방금 그 말이 조금 불편하다고.

미안해하지 않고 불편해 하기

제대로 화낼 줄 아는 사람이 제대로 웃을 줄 안다

초판 1쇄 2024년 6월 21일

지은이 임정호

펴낸곳 담다
펴낸이 김수영
경영지원 최이정
교정·교열 김민지
편집·디자인 김은정 서민지

출판등록 제25100-2018-2호 | 2018년 1월 5일
주소 대구광역시 달서구 조암로 38, 2층
이메일 damdanuri@naver.com
인스타 @damda_book

ISBN 979-11-89784-43-0 (03810)